KB024208

감 동

적 인 말 로

나 를

깨 워

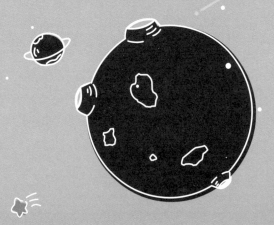

방탄 프로젝트_ 005

운동하는 티가든의 별_ 014

츄파춥스_ 021

우주의 질서_ 035

시간이 멈춘 별_ 044

머릿속 조종사_ 054

불사조_ 070

곰과 토끼_ 081

베누에 보낸 탐사선_ 094

관성의 법칙_ 110

해조의 말_ 117

나무에도 뇌가 있다_ 127

어떤 말을 해야 할까_ 134

맹그로브_ 149

변신_ 164

드릴 탐사선_ 174

케이크 속 오돌뼈_ 182

겨울나무_ 193

지구의 기적_ 204

슈퍼 지구_ 214

작가의 말_ 217

방탄 프로젝트

"지구가 위험해. 프로젝트가 필요해."

유성이 하늘 너머를 가리켰다. 우주에 난 도로는 얼음으로 이루어졌을까. 나는 유성이 가리킨 하늘을 바라보며 꽁꽁 언 길을 떠올렸다.

"프로젝트가 필요해. 목성에는 지구만 한 크기의 멍 자국이 있어. 혜성 조각과 충돌했기 때문이야. 꼼짝없이 디버프에 걸려버리지. 2029년쯤 지구에 접근하는 거대 소행성이 있는데 충돌하면 지구가 위험해져."

안테나처럼 하늘을 향해 뾰족하게 선 이마 한가운데의 머리털이 바람결에 흔들렸다. 녀석은 골똘한 표정이었다. 빨간 가죽옷에 붙어있는 보호대가 아까 타고 온 전동차의 뼈대처럼 각이 잡혀있는 탓에 잘못 보면 녀석은 SF영화에서 보았던 라이더 로봇 같았다.

유성이 얼마 전, 그러니까 내가 이곳으로 이사한 다음 날 펜트하우스에 찾아왔다. 아버지와 새벽 시장에 다녀오는 길이었고 재래시장이 어디냐고 묻는 어떤 아주머니에게 가장 찾기 쉬운 길을 알려준 아침이었다. 우리가 못 본 지 한 달 만이었다.

5층 상가건물의 꼭대기에 있고 초록색 방수페인트가 칠해진 마당이 전부였지만, 녀석은 우리 집을 펜트하우스라고 불렀다. 벤처기업과 IT 타워가 있는 도시산업 첨단 단지가 멀지 않았고 작년에 완공한 고층아파트가 이정표로 자리 잡은 재래시장이 코앞이었다. 아파트가 들어서고부터 늘 그늘진 골목에는 차양을 떼어버린 상점들 사이에 개미슈퍼와 아버지의 옷 가게가 있고 그 골목을 숨차게 오르다 보면 우리 집이 나온다.

그동안 어딜 갔다 왔는지, 이사한 집은 어렵지 않게 잘 찾았는지 물어보고 싶었는데, 유성이 네모난 벽돌만 한 크기의 전화기를 내게 던지는 바람에 타이밍을 놓쳤다. 무전기인가? 의아하게 쳐다보는 내게 녀석이 대단한 그림을 그렸다며 노트를 펼쳤다. 볼펜 똥 같은 작은 점이 나란히 찍혀있었다. 외계 행성을 돌아다니다 티가든의 별에 잠시 머물다 왔다면서 그동안 탐사하며 찍은 태양계의 가족사진이라고 설명했다. 우주에서는 지구를 포함한 행성들이 티끌만 한 점에 불과하다며 그중 하나를 가리키더니 지구라고 했다.

녀석이 심각한 얼굴을 하며 나를 향해 삐딱하게 서 있다.

"천왕성은 옆으로 누워서 태양 둘레를 돌고 있는데, 너 왜 그런지 알아? 다른 행성들은 궤도면에 수직인 축으로 자전하는데 말이야."

유성의 질문에 나는 고개를 한쪽으로 기우뚱한 채 하늘을 바라보았다. 겹을 이룬 산과 높고 낮은 콘크리트 건물들이 가장자리를 빼곡하게 두르고 있어 반구형으로 보이는 하늘이 마치 지구의 뚜껑 같다는 생각이 들었다. 뚜껑은 좀체 열리지 않을 듯했다. 우주에서도 사건 사고가 있을 것이다. 환자도 있고 왕따도 있을 테지. 누워서 쉬는 중이거나 게으름을 피우는 건지도 모른다. 생각을 정리하고 있는데 성질 급한 녀석이 묻는다.

"창공아, 너도 얻어맞고 찌그러져 본 적 있지?"

나는 번호판과 한글 자판을 돋을새김한 벽돌을 이리저리 뒤집어보다가 대꾸했다.

"없어."

"없어?"

"응."

"그래, 없다고 치고. 쉽게 설명할게. 천왕성이 어떤 행성한테 박치기를 당했기 때문이야."

유성이 내가 들고 있던 벽돌을 다시 가져가더니 피웅, 소리를 내며 자신의 머리에 갖다 댔다.

"박치기? 그래서 누워버린 거야?"

나는 상체를 바닥으로 기울였다.

"심각하게 다친 거야."

"잽싸게 피할 방법은 없어?"

허리를 구부렸다 펴고 고개를 이리저리, 마치 녀석의 주먹을 피하는 기술을 보여주듯이 움직이며 내가 다시 물었다.

"없어. 방어할 새도 없이 순간 기절을 하거든. 그전에 가까워지는 소행성의 궤도를 바꾸거나 아예 없애버리는 방법을 지금 연구 중이야. 해머 프로젝트."

"해머 프로젝트?"

"충돌 방어 전략이야. 지구와 소행성의 충돌을 막는 거지."

녀석이 마당에 눈길을 두며 페인트 색이 초록색이라 멀리서 보면 잔디 깔린 정원으로 보인다고 말했다. 일부러 꾸미지 않으면 풀 한 포기 스스로 자라날 수 없는 마당 한구석은 해마다 생기는 누수 때문에 방수페인트를 겹으로 덧발라놓았다.

나는 옥상의 담장 너머 주택가에 난 길들을 바라보았다. 유성이 어느 길로 다니는지 궁금했다. 장소에 따라 색이 바뀐다는 전동차는 광이 나는 방수페인트와 흡사한 초록색으로 변해있었다. 자연 친화적인 연료를 사용하고 강력한 엔진 성능에도 소음이나 매연이 전혀 없고 다양한 색상의 마이크로캡슐이 내장되어 있다고 했다. 밤이면 하늘에 총총히 박힌 별과 인공위성 곁에 주차한다던 말이 떠올랐다. 어쩌면 그런 차들이 다니는 하늘길이 있는지도 몰랐다. 길가 바닥에는 재래시장의 랜드마크가 된 고층아파트가 뿌리를 내린 듯 여러 갈래의 갈림길이 꼬불꼬불 끝도 없이 이어졌다.

"베누Bennu라는 천체가 있어. 2135년 지구와 충돌할 가능성이 역대급이야. 지구로 진입할 가능성은 2,700 대 1이라지만, 우리 같은 생명이 지구에 사는 건 그보다 훨씬 적은 확률이니까 안심할 수 없는 거지."

"근데 너무 먼 얘기잖아."

"창공아 머—얼리 좀 봐라."

유성이 내가 그런 말을 할 줄 알았는지 준비하고 있던 것처럼 설명했다.

"미리미리 지구를 지키지 않으면 위험해. 베누에 보낸 탐사선이 귀환하면 조사할 게 얼마나 많은데. 지구로 날아오는 아포피스라는 소행성도 있어. 태양신을 삼킨 거대한 뱀의 이름이지. 이 밖에도 충돌 가능성이 있는 근접 천체는 아주 많아."

멀리 보고 미리 무언가를 해야 하는 게 너무 많은 세상이다. 걱정까지 미리 하고 싶지는 않다고 녀석에게 이야기하려다 입을 다물었다.

"우주에서 일어나는 일이 가슴에서도 일어나고 있다고 생각해봐."

"가슴에? 여기?"

나는 서슴지 않고 유성의 가슴에 손바닥을 올렸다. 따뜻했다.

"무인우주선을 보내서 접근한 베누와 충돌시키면 지구의 푸른 궤도에서 벗어나게 할 수도 있어. 유도탄을 발사해서 핵폭발로 소행성을 파괴할 수도 있고."

"그게 해머 프로젝트야?"

"그럼 어떻게 되겠어?"

나는 우주선이 날아가는 모습처럼 팔을 뻗어 하늘에 포물선을 그려 보이다 내게 묻는 녀석의 얼굴에 손을 뻗었다. 입으로는 연신 폭발음을 냈다.

"소행성마다 다르겠지만 산산이 부서질 거고 그 조각들이 지구와 충돌할 위험은 또 커질 거야. 확률이 높아지는 거지."

유성은 좀 더 정교한 기술이 필요하다는 얘기를 하려는 것 같았다.

"그러니까 다른 방법을 연구해야 해. 지구가 위험해지지 않도록. 그게 방탄 프로젝트야."

비트박스로 폭발음을 내면서 팔을 위로 올려 유성의 머리 위를 휘저었다.

"방탄 프로젝트?"

"다트라는 우주선을 발사할 계획이래. 목표는 디디모스라는 쌍소행성인데 직접 충돌할 거야. 궤도를 바꾸려는 미션이지."

녀석이 내 어깨에 손을 척 올렸다.

"창공아, 아침마다 내게 전화를 해."

말하는 녀석의 손아귀에 힘이 느껴졌다. 유성이 벽돌을 내밀었다. 아주 오래전엔 이 정도 크기의 전화기를 들고 다녔다고 들었다. 물끄러미 바라보다 버튼을 눌러보았다. 퍽퍽 소리를 내며 들어간다. 엄지와 새끼손가락으로 감싸 잡아보니 그립감도 꽤 괜찮다.

"내가 사는 행성에선 최신 폰이야. 바벨만큼이나 무거운 전화기도 있어. 어깨높이까지 올리려면 반동이 필요해. 다리를 굽혔다가 앞뒤로 벌리면서 번쩍 들어야 들 수 있어. 이 정도면 꽤 가볍고 디자인도 나쁘지 않아. 와이파이 상관없이 잘 터지니까 걱정하지 말고. 코드명을 입력하면 돼. 코드명은 감말나깨. 감동적인 말로 나를 깨워."

"감동적인 말로 깨우라고?"

"궤도를 바꾸는 미션이야. 가슴속에서도 충돌이 벌어지거든."

나는 문득 가슴속에서 벌어지는 일에 관심을 두고 싶지 않았다. 경험상 코감기가 걸리고는 했으니까.

"네 말에 나는 감동할 거야. 그럼 충돌을 피할 수 있어."

충돌 위험이 있다면 녀석의 가슴으로 다가오는 것은 무엇일까. 나는 궁금했다. 내가 왜 그런 일을 해야 하냐고 묻기도 전에 유성이 더욱 알 수 없는 얘길 했다.

"감동적이지 않으면 경고야. 경고가 쌓이면 넌 각오해야 할 거다. 내가 정한 규칙에 따라야 해. 알았어?"

가벼운 말투였고 녀석이 겨우 다리를 떨고 있을 뿐이었지만, 나는 싫다고 말하지 않았다. 그 순간 나는 감동적인 말을 생각하고 있었다.

언젠가 골목 바닥에 반쯤 잠긴 창틈으로 녀석을 본 적이 있다. 길이 높은 건지, 집이 깊은 것인지는 모르겠는데 턱걸이하듯 땅바닥에 창문이 붙어있었다. 그 어두운 방에 혼자 앉아있는 유성이를 처음 보았을 때 나는 다급하게 119에 신고를 했다.

가만히 있지 말고 다음엔 코딱지라도 파고 있어라. 그날 녀석에게 부탁했다. 그 일이 있고 난 뒤 우리는 동네 친구가 되었지만, 녀석이 코딱지를 파고 있는 모습을 본 적은 한 번도 없다. 집에서 밖으로 나가는 것이 아니라 밖으로 올라가야 한다. 밖의 세상이 언제나 위에 있는 거야. 후지게. 녀석은 대수롭지 않다는 투로 말했으나 방과 현관문 사이의 계단을 좀처럼 무시할 수 없는 듯했다. 밟고 오르는 것엔 높이가 있으니까. 유성의 잘생긴 얼굴은 어둑한 방 안의 그늘에 가려졌고 처진 어깨와 숙어진 고개가 도드라졌다.

녀석과 옥상 계단을 내려와 골목을 걸었다. 햇살이 송충이처럼 꼬물꼬물 땅바닥을 기어다니고 길가 나무 아래에는 비둘기들이 모여있었다. 곡식 몇 톨이나 과자 부스러기만 있어도 바쁘게 고개를 주억거리는 모습이 마음에 안 든다. 게다가 못 말리게 시끄럽다.

우리는 말없이 걸었다. 유성이가 다니던 글로벌고등학교를 지나쳐 테크노타운의 가지런한 창문들을 마주하다 왼쪽 길로 들어가 명문 고등학교로의 진학률이 높다고 알려진 우리 학교까지 함께 걸었다.

운동하는 티가든의 별

등교하는 아이들이 하나둘씩 골목에서 튀어나왔다. 작년에 같은 반이었던 녀석은 나와 눈이 마주치자 곧장 골목으로 들어갔다. 비슷한 집들과 붉은 담만 있는 막다른 골목이었다. 벽을 통과하는 마법을 배운 게 아니라면 녀석이 학교에 가는 건 불가능했다. 혹시 모른다. 불가사의한 기술이라도 부리는지. 나는 골목을 살폈다. 기대와는 달리 담벼락에 코가 닿을 정도로 서 있는 모습이 어쩐 똥 마려운 사람처럼 불편해 보인다. 혹시 벽에 볼일이 있는 걸까? 이상하게 뒤통수가 서늘해서 뒤돌아보니 어떤 하급생이 지나가다가 나를 쳐다보고 있었다.

"뭘 봐, 씨."

　나는 주먹을 불끈 들어 보이며 말했다. 이렇게 주목받아 보긴 오래간만이다. 나를 모르나 보다. 빡빡한 학원 시간표로 정신없이 살거나 전학생일 것이다. 아이들 대부분은 나를 못 본 척하며 다른 곳을 바라보았고 멀리서 내가 눈에 띄면 슬그머니 길을 돌아갔다. 나와 눈 마주치는 것을 피하려는 것인데 내 것과 네 것이 분명한 세상에서 안전하게 살기 위한 거였다. 나도 못 본 척하고 말지만 쓸쓸한 기분이 드는 건 어쩔 수 없었다.

　나는 반 아이들보다 두 살이 많다. 늦은 입학이 화가 나는 일은 아니지만 반 아이들과 같이 기뻐한 경험이 없다. 제때 입학했다면 나는 고등학교 2학년이었을 것이다. 그러나 현실은 중학교 3학년이다. 학교생활 처음부터 어린 친구들과 함께였으니 단 한 번도 내가 천진난만한 어린이였던 적은 없었다.

　나의 존재만으로도 복잡한 시기의 아이들은 불편함을 느꼈고 내가 눈이라도 부릅뜨면 아이들은 성가신 듯 스스로 알아서 해결하는 일이 있었다. 눈치 빠른 녀석들은 저 스스로 주머니를 까뒤집어 보이고 들고 있던 것들을 내 손에 들려주기도 했다. 호의를 무시할 수 없어 받아 들긴 하지만 결코 원한 건 아니었다. 어른이 되어 사회생활을 잘할 거라고 말하며 어깨를 다독이면 녀석들은 예의 바른 태도로 나의 손길을 참아냈다. 두려움의 대상이 된다는 건 외롭긴 해도 기분은 그럴싸했다.

전성기 얘기는 여기까지. 솔직히 말해 나는 지금 피하기만 하면 되는 인물이 되었다. 마침내 나는 레전드로 남았다. 점점 상대가 없어졌고 어디선가 어리고 참신한 일인자가 등장했다. 녀석들은 세대 차이 없는 자신들 사이에서 힘이 아닌 오로지 게임으로 일인자를 꿈꿨다.

나를 바라보는 하급생 녀석은 도시에 나타난 멧돼지라도 발견한 표정이다. 오이같이 길쭉한 얼굴의 절반을 가리는 안경을 끼고 있는데 마치 안경이 창문이라도 되는 것처럼 녀석은 자꾸 눈을 내밀었다. 코 옆에 돋은 빨간 뾰루지는 안경을 추켜올릴 때마다 나타났다. 느닷없이 솟구친 나의 주먹을 보고는 미친 멧돼지라고 확신한 모양인지 녀석이 나를 경계하며 걸음을 서둘렀다. 나는 이 사이로 침을 찍, 뱉었다. 날렵하게 사방으로 튄 침이 이슬처럼 바닥 여기저기에 맺혔다. 영역표시라도 한 듯 나는 엉덩이가 단단해졌다.

녀석이 나를 바라보면서 뒷걸음질하기 시작한다. 미친 멧돼지가 달리는 방향은 알아야 한다고 굳게 마음먹은 표정으로 시선을 내게 고정한 채였다. 그러다 제 다리에 꼬여 넘어질 뻔했다. 몇 차례나 고꾸라질 게 확실했는데 방정맞게 다리를 가누다가 가까스로 멈추었다. 넘어지지 않으려는 의지가 대단해 보였다. 나는 녀석을 외면하고 앞을 보며 걸었다. 이럴 때 관심을 보여서는 안 된다. 녀석들은 조금이라도 긴장감이 떨어지면 뒤에서 욕하면서 자신감을 찾기 때문이다. 게임을 할 때의 현란한 손놀림이나 수학 문제 풀면서 흔들었을 발재간 정도로 자신의 힘을 믿는다는 건 문제다. 고작 그런 정도의 힘을 한 번쯤 보여주려고 하니까. 더구나 힘센 친구들에게 부탁이라도 해서 복수를 꿈꾼다면 더 성가셔진다. 정상을 회복하기 위해 애들 싸움에 지질하게 끼거나 매달릴 생각은 없다. 전설의 후예 따위 원하지 않는다. 조용히 물러난 건 주제를 파악해서가 아니고 나의 관심사가 변했기 때문이다. 차원이 높아졌다고 해야 하나. 전부 표현할 수는 없다.

　나는 강렬한 눈빛을 유지했다. 하급생 녀석은 이제 뛰기 시작한다. 아직 성장기에 접어들기 전인가 보다. 앙증맞은 엉덩이와 서두르는 짧은 팔다리를 보고 있자니 위로의 말이라도 건네줘야 할 것 같았지만 관뒀다. 어차피 인생은 겁을 집어먹고 혼자서 헤쳐 나가야 하니까. 그런데 은근 호기심이 많은 놈이다. 뒤돌아 한 번 더 나를 바라본다. 나는 입술을 비죽거리다 녀석을 향해 입을 벙긋거렸다.

　"뭘 봐? 오이."

며칠 전에 본 여학생 둘이 소곤소곤 이야기를 나누며 내 곁을 지나쳤다. 나에게 눈길도 안 주고 얘기만 하고 있었다. 나는 두 손을 주머니에 찔러 넣고 언젠가 본 영화배우처럼 자세를 잡았다. 고개를 움직여 앞머리를 털고는 두 눈을 치켜떴다. 내 삶의 철칙 중 하나는 언제나 보기 좋은 스타일을 유지해야 한다는 것이다.

　"내가 아는 여학생들이 있는데 삐딱이 너를 알더라. 네게 관심이 있대."
　이런 말을 듣는다면 얼마나 감동적일까. 오늘 나의 모닝콜이었다. 꾸며낸 말이지만 거짓말이라고만은 할 수 없었다. 여학생들에게 유성을 아느냐고 물어본 적은 없으니까.
　"경고."
　유성의 대꾸에 나는 조금 당황했다.
　"어떤 위성이 얼음으로 된 천체였다면 충돌과정에서 생긴 환은 대부분 얼음 알갱이로 이루어진다고 해. 적어도 네 말에 온도는 있어야 하지 않겠냐?"
　녀석의 말을 듣다 보니 불현듯 얼음조각에 둘러싸인 위성에 녀석이 살고 있는지도 모르겠다는 생각이 들었다. 꽁꽁 언 행성에 박치기를 당한 위성 말이다.

"방탄 프로젝트. 나, 자신 없다."

"야 인마, 이건 자신감으로 하는 게 아니야. 힘으로 하는 거지."

녀석은 언성을 높이는 법이 없다. 조용히 말했다.

"힘?"

"그래, 널 아는 힘. 오해는 하지 마라. 주먹을 말하는 게 아니다. 내가 갔다 온 티가든의 별은 운동을 해. 열심히. 그런 힘은 별도 운동을 하게 하거든."

"고래를 춤추게 한다는 말은 들어봤어도 별을 운동하게 한다는 말은 처음 듣는다."

"네 말이 나에게 연료가 될 수 있다는 것을 기억해. 친구들이 있는 플래닛을 다녀야 하니까. 근데 너, 힘들어서 그래?"

내가 묻고 싶은 말인데 오히려 유성이 내게 묻는다.

"힘드냐고? 아니, 그럴 리가. 바벨 핸드폰도 내겐 껌이야."

나는 서둘러 대답했다. 녀석에게 약한 모습을 보이고 싶지 않았다.

녀석의 말을 떠올리며 어깨와 허리를 쫙 펴고 자세를 잡았다. 힘 하면 나지. 나도 유성이만큼 키가 크다. 정확하게 말하면 클 것이다. 밤낮으로 크고 지금 이 순간도 크고 있을 테니 무리한 확신은 아니다. 두꺼운 팔다리에 오리 엉덩이. 멀쩡하고 큰 눈. 날렵하지 않은 콧대에 붕어 입술. 이렇게 신체 조건이 안 되는 경우엔 더욱 스타일이 중요해진다. 눈빛은 강렬하지만 부드러워야 하는데 절대 만만해 보이지는 않아야 하며 대담하게 보이면서도 위협적이지 않아야 한다. 혹시 오이 녀석에게는 내가 위협적으로 보였을까?

저만치 멀어진 여학생들의 뒷모습이 보인다. 여학생들은 나의 스타일을 어떻게 보았을지 궁금하다. 그나저나 아까 막다른 골목으로 들어간 녀석은 벽을 통과해 학교에 무사히 도착했을까?

츄파춥스

"삐딱. 오늘 기분은 어때? 어디 아픈 데는 없어?"

코드명을 입력하고 모닝콜을 했다. 친구의 관심이 감동적일 수도 있으니까.

"경고."

내가 규칙을 어기기라도 한 것처럼 불친절한 목소리였다. 게임 아이템을 획득하거나 진화 장비가 생기는 것도 아닌데 나는 감동적인 말을 무척 열심히 생각했다. 뭐든 열심히 하다 보면 변화가 있다. 시간을 죽여줬으니까. 유성이나 나나 명랑하지 못하다. 어딘가 아파서 화가 나도 어디가 아프다고 말할 수 없는 건 녀석도 나와 마찬가지일 것이다. 아무도 물어보지 않았고 그래서 무슨 말을 할지 궁리한 적이 없었다. 우리의 환경에 필요할 법한 긍정적이거나 희망적인 말 또한 녀석은 원하지 않았다. 언뜻 들으면 좋은 말 같지만, 생각해보면 골치 아픈 말이라고 했다. 참 복잡한 녀석이다.

아버지는 밥을 먹고 나서 그 밥그릇에 소주를 가득 따라 마신다. 밥그릇이 하필 소주잔이 될 때 아버지에겐 내 위로가 필요해. 그런데 위로의 말보다는 감동적인 말을 고민하는 게 기분 좋더라. 나는 녀석에게 이렇게 말했다.

"너는 근데 내가 하는 말에 감동할 준비는 되어있는 거냐?"

당연히 경고를 먹었다.

"팁을 알려줄까? 울림이 있어야 해."

울림이 울리는 것과 같은 거냐고 물었더니 녀석이 내 뒤통수를 때렸다.

"가슴에서 징징 진동이 울려야 해. 그게 울림이야."

유성이 가슴에 얹은 손을 떨었다.

"비결을 알려줄까?"

녀석의 눈을 가린 앞머리를 치워주고 싶었지만 나는 가만히 고개만 끄덕였다. 내가 손을 올리면 이번엔 주먹이 날아올지도 몰랐다.

"지구에서 1억 2천만 킬로미터 떨어진 얼음 위성에 사는 생명체와 톡을 주고받거나 우주를 달리는 스포츠카에 네가 타고 있다고 생각해봐. 심장이 뛰지?"

내게 묻는 녀석의 표정이 되게 진지했다. 나도 가슴에 손을 얹고 하늘을 바라봤다.

"창공아, 내 말 무슨 소린지 모르겠냐?"

유성이 물었다.

"좀 기다려봐. 알 것 같아."

"단순하게 예를 들어줄게. 시험공부를 하는데도 왠지 모르게 기분 좋을 때가 있지? 그때 네가 무슨 생각을 하지 집중해봐."

유성이 내 등을 두드렸다. 내가 기다리는 별똥별조차 녀석에게는 감동을 주지 못한다. 먼지와 얼음으로 이루어진 혜성의 잔해물이 지구 대기권에 들어와서 불타는 현상일 뿐이라고 했다.

"알면 왜 날 시켜? 네가 하지. 그 생각."

내가 대꾸했더니 녀석이 가운뎃손가락을 뻗었다.

"너니까. 은하계에는 셀 수 없이 많은 별이 있어. 별 하나하나는 태양과 같아. 마치 지구에 사는 사람들처럼."

말에 걸맞지 않은 손가락인데 기분이 나쁘지 않았다. 그런데 녀석은 무슨 말을 하는 걸까.

"그 발가락은 치워줘."

녀석이 손가락을 천천히 접으며 물었다.

"길을 묻는 사람에게 길을 가르쳐준 적 있어?"

"물론 있지. 동네는 내가 잘 아니까."

"그럼 됐어. 너 때문에 누군가 길을 잃지 않았을 거야."

오늘 아침엔 무작정 전화를 걸었다. 감동적인 말이라니. 밤이 새도록 생각해도 마땅한 말이 없었다. 천장이 태양계가 되어 별들이 블랙홀로 사라지기도 하고 서로 뭉쳤다가 충돌하고 튕겨 나가는 동안에도 녀석을 감동하게 할 말은 생각나지 않았다. 유성의 목소리가 들리면 순간 머릿속에 떠오르는 것을 말해야겠다고 생각했다.

"말해."

목소리는 잠결이었지만 녀석이 내게 귀를 기울이고 있는 게 분명했다.

"고마워, 돌아와 줘서."

내 말에 잠시 조용하던 유성의 목소리가 들렸다.

"여긴 네가 있는 플래닛이니까."

*

오늘도 나는 멧돼지처럼 달려 오이를 앞질렀다. 안경을 추켜

올리고는 창문이라도 되는 양 안경 너머로 눈을 내미는 오이와 눈이 잠시 마주쳤다. 나는 천천히 눈길을 돌렸다. 멀리 교문으로 들어가는 커다란 가방이 내 시야에 들어왔다. 츄파춥스가 분명하다. 학교에 무슨 중요한 일이 있는지 누가 부르기라도 한 것처럼 다리보다 얼굴이 먼저 서두르는 걸음이었다.

"뭐 해줄까?"

뛰어가 대뜸 물었다. 츄파춥스의 이름은 해조였다. 그렇게 묻고는 운동화 밑창에 신경 쓰이는 게 붙어있다는 듯 나는 발길질을 했다. 흙먼지가 날렸다. 머리 모양이 제대로 세워지지 않아 멋있어 보일 리 없다는 걸 알지만, 상관없었다. 츄파춥스는 길을 잃은 아이의 표정으로 내게서 두어 발자국 떨어졌다. 하얀 얼굴에 커다란 눈망울이 나를 보고는 잠시 흔들릴 뿐 우리가 처음 만났을 때 츄파춥스 색으로 빨갛게 물든 혓바닥을 내보이며 짓던 미소는 없었다.

해조는 내게서 등을 돌렸고 두 방향으로 한꺼번에 가려는 사람처럼 허둥거렸다. 그러다 뻗친 머리를 앞으로 향하고는 빨리 걸어갔다. 이따금 내게 눈길을 주면서. 해조의 걸음은 보기에 조금 야단스러웠다. 반질반질 윤이 나는 교복은 걸음을 따라 앞으로 이동했고 발을 뗄 때마다 등에 짊어진 가방은 좌우로 움직였다. 나는 하는 수 없이 그 뒤를 줄레줄레 쫓아갔다.

"야!"

내가 불러도 못 들은 척, 해조는 계속 걸어갔다. 내 목소리를 못 들었을 리가 없는데. 나는 어이가 없었다. 해조는 어제 전학을 왔다. 보자마자 관심을 둔 건 아니다. 오히려 관심 밖이었다. 스노볼에 맞을 뻔한 사건이 없었어도 나는 츄파춥스의 이름을 듣는 순간, 뭔가 해줘야 할 것 같은 의무감을 가졌을 것이다. 그런데 이건 상황이 좀 구차했다.

나는 다시 해조 곁에 붙었다. 그대로 물러설 내가 아니었다. 대답 없이 가버려서 불쾌한 것보다 해조에게 진 빚을 갚아버리고 싶었다. 돈을 꾼 건 아니지만, 채무가 있는 건 분명하니까.

"야, 뭐 해주냐고?"

다시 물었더니 츄파춥스가 우뚝 섰다. 그리고 나를 빤히 바라보는데 뭔가 못마땅한 표정이었다. 아이들 무리가 우리 곁을 지나쳤다.

"뭐!"

나는 턱을 치켜들고 해조에게 말했다. 그러나 습관처럼 입안에 그러모은 침을 삼켜버렸다. 굳이 안 좋은 인상을 줄 필요는 없었다. 츄파춥스의 퉁명스러운 목소리가 들렸다.

"안아줘."

나는 쿵쾅거리는 심장을 붙들고 주변을 살폈다. 그러거나 말거나 해조는 수줍어하는 기색 하나 없었다. 가만 보니 해조의 얼굴은 울상이었다. 장난을 치거나 웃자고 하는 얘기가 아니라는 것을 알 수 있었다. 지금까지 한 번도 들어 본 적 없지만, 이상한 말이라고는 생각되지 않았다.

어쩌면 내 증세가 도진 것일지도 몰랐다. 때때로 이해력이 떨어진다거나 똑같은 말도 남들과 다르게 해석한다는 소리를 듣곤 했으니까. 그건 질환이라고 해야 할 만큼 불편한 증상이었다. 만약 똑바로 알아들은 거라면. 설마설마하면서도 머릿속을 비집고 해조의 말이 풍선처럼 부풀었고 함께 마음도 부풀었다. 나는 터지지 않도록 조심했다. 츄파춥스의 말은 영락없이 안아줘, 였으니까. 나한테 왜? 츄파춥스가 왜? 이런 의문도 들었지만 뭔가 감동적이었다. 혹시 프리 허그? 허그 데이? 희망 캠페인이라도 하려는 거였을까. 상처를 치유한다는 그 좋은 뜻으로.

오늘은 허그 데이? 나는 쭈뼛쭈뼛 양팔을 벌렸다. 그리고 잠시 기다렸다. 너무 이상했는지 해조의 눈에 그렁그렁 눈물이 맺혔다. 금방 하품이라도 한 걸까? 다행히 우리 주변에 아이들이 별로 없었다. 나는 내가 멍청해 보였을 거라는 생각이 들었다. 해조는 눈물을 글썽이며 마치 미친 사람 바라보듯 하다가 내게서 얼굴을 돌렸다.

표정이 왜 그 모양이야. 안 어울리게. 단순한 나에게 숙제가 생긴 셈이었다. 평소에 숙제는 생각만 해도 머리에 지진이 났다. 그 내용이나 분량보다 반드시 해야 한다는 압박만으로도 그랬다. 하지만 이런 숙제라면 나쁘지 않다.

우리는 만난 지 4일째고 나는 해조에게 나쁜 짓을 저질렀다. 남자답게 사과할 생각이었다. 그런 마음가짐이었다. 그런데 왜 자꾸 발바닥이 간지러운 걸까. 햇살을 받은 츄파춥스의 어깨에 햇볕이 꽃처럼 피어났다.

땅바닥으로 시선을 옮겼다. 왼발, 오른발, 왼발, 오른발. 변함없이 나의 발이 움직이고 있었다. 어디든 갈 수 있다고, 어디든 데려갈 수 있다고 망설임 없이 내디딘다. 나의 아지트로 향하고 싶지만 지금은 등굣길이니 어쩔 수 없다. 학생의 신분으로서 지켜야 할 건 지키자는 게 나의 생각이다. 불편한 관심은 원하지 않으니까.

3교시. 과학 수업이 시작되었다. 지구와 충돌 가능성이 있는 근접 천체가 얼마나 많은지 선생님에게 물어보고 싶었지만 참았다. 과학 선생님은 지루하기로 유명했다. 자다 일어난 것처럼 부스스한 뒷머리를 보이며 선생님이 칠판에 귀를 커다랗게 그렸다. 오늘 배울 단원은 귀의 구조와 기능이다. 단면으로 그린 귀에 귓구멍까지 그려 넣고는 선생님이 교과서를 읽기 시작했다.

귓바퀴에서 소리를 모은다. 소리가 외이도를 통과하면 고막이 진동한다. 선생님의 부드러운 목소리와 조용한 말투, 흐트러짐 없는 자세. 늘 똑같다. 한때 나의 꿈은 과학자였는데 요즘은 그게 꿈이었던 것 같다.

선생님의 책 읽는 소리가 점점 작아지고 있다. 지난 시간 선생님은 자극을 받아들이는 감각기관과 자극에 반응하는 운동기관에 관해 설명했다. 자극. 호기심이 발동하는 내용이었는데도 나는 졸았다. 그동안 무슨 돌기가 나왔고 가지가지의 뉴런을 그림까지 그리면서 설명한 것 같은데 기억이 가물가물하다.

고막이 진동하며 귓속뼈에서 달팽이관으로 그것을 전달한다. 속삭속삭. 소리가 달팽이관에 도달하면 청각 세포가 흥분한다. 세포도 흥분한다고? 잠시 궁금했다. 청각신경은 소리를 대뇌로 전달한다. 선생님은 내 귀에 궁금한 적 없는 귀의 구조와 기능을 욱여넣듯이 읽고 있었다. 또다시 가지가지의 뉴런이 등장했다.

살금살금 다가와 내 어깨를 밟는다. 졸음이 오는 방식은 비슷하다. 치근거리다 내 머리 위에 올라타 야금야금 뇌를 먹기 시작했다. 두 번째 줄에 앉아있는 해조가 어렴풋이 보인다. 해조는 나에게 왜 그런 말을 했을까? 나의 뇌가 조금씩 사라지고 있는 걸 아득한 어둠 속에서 느끼며 생각한다. 안아줘. 어느새 수백억 개의 신경세포가 사라진 머리가 리듬을 타기 시작한다. 꾸벅꾸벅. 난 꾸벅거리기 싫은데.

텅 빈 뇌가 도화지가 되고 뉴런이 그 위에 점점이 흩어질 무렵, 몸이 책상으로 고꾸라지는 걸 깨닫는다. 굼뜨게 전정기관이 감지했지만, 늦었다. 쿵. 턱을 괴고 있던 손이 스르륵 내려와 책상에 떨어졌다. 서둘러 운동뉴런이 작동했는데 예상치도 못할 만큼 추진력 있게 나의 두 팔이 허공 위로 앞으로나란히를 했다. 나는 과학책을 와락 붙잡으며 잠에서 깨어났고 주위를 돌아보았다.

화들짝 놀란 아이들의 표정이 보인다. 정식이와 송이는 물론 다른 친구들이 나와 눈을 마주치려 하지 않고 흘끔거린다. 나는 이럴 때 무척 외로움을 느낀다. 눈썹을 찌푸리며 인상을 썼다. 외로울 때 할 수 있는 건 인상 쓰는 일밖에 없다. 그래도 교탁으로 달려 나가거나 바닥에 눕지는 않았으니 다행이었다. 어쩌면 아이들도 자다가 나 때문에 깬 건지도 모른다. 이 순간 칠판을 향해 있던 해조의 머리는 계속 선생님에게 인사를 하고 있었다. 꾸벅꾸벅.

"시끄러, 이 자식아."

어수선한 낌새에 나는 뒷자리의 동호를 바라봤다.

"야, 왜 웃어?"

계속 낄낄거리는 게 신경에 거슬려 물어봤다. 동호는 개그맨을 꿈꾸는 녀석인데 남을 웃기는 게 아니라 맨날 지가 웃느라 정신이 없다. 이유는 모르겠다. 열심히 노력하고 연구해서 괜찮은 개그맨이 되길 바라지만 지금으로선 가망이 없어 보인다. 녀석이 옆자리의 짝과 함께 주고받던 쪽지를 부리나케 숨기며 웃음이 비어져 나오는 입을 손으로 막는다. 낄낄거리는 소리에 짜증이 나면서도 궁금했다.

"뭔데? 같이 웃자."

내 말에 녀석이 더욱 몸을 비틀고 킥킥대며 숨을 삼키고 있다. 그 와중에도 뭘 끄적거리며 자기들끼리 주고받는다. 선생님이 칠판 쪽으로 몸을 돌리는 찰나, 잽싸게 일어나 쪽지를 빼앗았다. 책상이 뒤로 밀려나며 잠깐의 소음이 있었으나 선생님은 아이들이 졸린 상태가 아니라는 것만을 확인한 듯 뒤돌아보고는 끝이었다. 쪽지는 두 장이었다.

수리점 또 잔다 ㅋㅋ
같이 웃재. 개웃김 ㅋㅋ

뒤통수를 얻어맞은 기분이었다. 수업 시간마다 조는 내 얘기라는 걸 안다. 그것도 모르고 같이 웃자고 하다니. 나쁜 감정은 순식간에 정신을 차리게 하는 모양인지 잠이 다 깼다. 나는 동호를 노려보면서 입을 씰룩거리며 쌍욕을 해줬다. 녀석은 어벙하게 웃고 있었다. 키득거리는 소리에 선생님이 흐뭇한 미소를 지으며 아이들을 바라봤다.

"선생님의 수업이 정말 재미있지요?"

언제나 조용하던 선생님의 근거 없는 믿음에 나는 웃음이 터졌다. 멀뚱멀뚱 서로 쳐다보고 있는 아이들 틈에서 선생님은 동호와 나를 주시했다.

"이제 중추신경계에 대해서 알아봅시다."

나는 웃음을 참으며 시선을 피했다. 진정한 유머는 동호가 아니라 선생님이 알고 있었다. 사람을 시종일관 졸리게 만들지만 한 방이 있으니까. 픽.

쉬는 시간 운동장 뒤편으로 동호를 불러냈다. 전압기 철조망 앞이었다. 안전을 위해 일부러 보이게 설치했다고 하는데 분위기는 공포영화의 배경 같았다. 녀석은 겁먹은 얼굴로 사방을 두리번거린다. 그러나 아무도 없다. 나는 달려들어 막무가내로 패버렸다. 얼굴은 피했다. 녀석이나 나나 주목받는 건, 원하지 않으니까. 남자 녀석들은 때린 건 말하고 다녀도 맞고 다닌 건 말하지 않는다. 자존심이 상하기 때문이다. 개그맨을 꿈꾸는 녀석은 맞으면서 싹싹 비는 대신 기분 나쁘게 웃고 있었다.

"웃음이 나?"

녀석은 대답이 없다. 사실 무서우면 웃기도 한다.

"개웃김? 내가 그렇게 웃겨?"

녀석이 무슨 말을 할까 고민하는 눈치인데 내 기분은 더 나빠졌다.

"너, 재미없다."

이유가 있어야 하므로 나는 개그맨을 꿈꾸는 녀석에게 따끔하게 충고했다.

"재미만 없는 게 아니다. 넌 날 슬프게 했어."

녀석이 의아하다는 눈길로 바라본다. 나를 수리점이라고 부르는 건 참을 수 있지만, 수리점 또 잔다는 말은 참을 수 없었다. 작년까지 운영하던 수리점에서 아버지는 수시로 졸았다. 입을 벌리고 침을 흘리고 때로는 코까지 골며 잤다. 그 모습이 내 마음을 얼마나 슬프게 하는지 녀석은 알기나 할까.

비아냥대는 것은 결코 유머가 될 수 없다. 평소 녀석에게 기대를 품고 있었는데 나를 실망시켰다는 것. 그뿐이 아니었다. 나는 동호가 꿈을 이루기 위해 열심히 노력하길 바라는 마음으로 주먹을 녀석의 옆구리에 꽂았다. 녀석이 뒤로 자빠졌다. 슬랩스틱 코미디를 연습 중인가 싶을 정도로 과장되게 몸으로 웃기고 있는 동호를 보니 개그맨으로서의 소질은 있어 보였다.

"너, 과학보다 안 웃기다. 알아?"

엎어졌던 녀석이 벌떡 일어나 배를 잡고는 기쁜 표정으로 인상을 찡그렸다. 개그맨으로 보이려고 기를 쓰고 있는 것 같았다. 과학 선생님의 지루함은 유명했다. 이보다 더 기분 망가지는 말이 있을까 싶다.

"알아들어?"

"네."

녀석이 큰 소리로 대답하곤 할 말이 있는지 얼굴을 들었다.

"이제 떠들지 마라."

내 말에 녀석은 말 대신 찍, 침을 뱉었다. 나는 주먹을 들어 올리다 내렸다. 녀석의 침 뱉는 자세가 소심했다. 고개 숙인 녀석의 입술에 매달려있던 침방울이 바닥으로 똑 떨어졌다. 오늘은 그만 봐줘야겠다. 인생의 선배로서 관대함도 보여줘야 하니까. 상대방이 느끼지 못하더라도 뭔가를 베풀어야 할 때가 있다. 이유는 모르겠지만, 그럴 때도 난 외로움을 느낀다. 인상을 찌푸리고 있는데 동호가 훌쩍훌쩍 울면서 나를 혼자 두고 앞으로 달려갔다. 문득 당황스러웠다. 츄파춥스의 표정이 떠올랐기 때문이다.

우주의 질서

"태양이 70억 년 후에 백색왜성이 되면 반지를 낀 모습이 될 거래. 그 고리에는 우리가 지구에서 했던 모든 일이 새겨져 있을지도 몰라."

유성의 곤두선 머리가 붉게 반짝거렸다. 노을빛 품은 서산에 크고 동그란 해가 올라 있었다. 얼마나 멋진 장면인지 누군가의 작품 같다는 생각이 들었는데 내가 작품의 제목을 짓는다면 '해피 엔딩'이라고 할 것이다. 햇살이 물결처럼 넘실거리고 길가에 늘어선 은행나무들은 그 노을빛에 반쪽이 사라진 것처럼 가늘어져 있었다. 반지 낀 태양을 상상한 까닭인지 나는 녀석에게 물어보고 싶었다.

"너, 혹시 여자 친구 사귀어봤어?"

"금빛 웜홀 같아. 시간 여행을 할 수 있는 통로."

대답 대신 녀석이 중얼거린다.

"웜홀을 통해 이동하면 시공간이 달라지는 거야."

"야 인마, 저건 해야."

노란 햇살에 유성의 거뭇한 눈 그늘도 보이지 않았다. 장난기라고는 찾아볼 수 없는 진지한 표정이었다.

"그래서 사귀어봤냐고?"

유성은 무표정한 얼굴로 뾰족하게 세운 앞머리를 끄덕였다. 큰 키에 아이돌처럼 생긴 외모로 쫓아다니는 여자아이들이 적지 않은데 녀석은 그런 친구들에게 눈길도 주지 않는다. 구석진 곳에서 세상을 궁금해하는 나와는 다르다. 은하 세계를 연구하는 녀석은 내가 모르는 세상을 이미 알고 있을지도 모른다. 이쯤에서 그만두어야 하는데 내 입에서 유치한 소리가 튀어나왔다.

"예뻐?"

나는 작은 소리로 키득키득 웃기 시작했다.

"예뻤다."

유성이 대답했다.

"예뻤다고? 그럼 헤어진 거야?"

장난스러운 말투로 물었다.

"그만하자."

녀석의 대꾸에 나는 기운이 빠졌다. 마음 같아선 자세히 얘기해보라고 부탁이라도 하고 싶었지만 참았다.

"토성은 손잡이처럼 생긴 귀가 달렸대. 갈릴레이가 최초의 망원경으로 본 거야. 사실은 토성 둘레를 따라 궤도운동을 하는 박살 난 위성들이지."

유성은 늘 우주 얘기다. 나는 절레절레 고개를 흔들었다. 박살 난 위성과 여자 친구를 사귄 일이 대체 무슨 상관일까.

"먼지로 된 알갱이부터 집채만 한 크기까지 있는데 환이라고 하는 깨진 조각들은 죽음을 겪고도 천상의 아름다움을 보여주고 있어. 깨지고 박살이 나도 좌절하지 않아. 우주의 질서니까."

일차원인 내가 시공을 넘나드는 녀석의 말을 이해하는 건 불가능하다.

"깨지고 박살이 났는데도 아름다워?"

"못 알아듣는군. 환이라고 하는 그 조각들을 헤어진 후의 추억이라고 생각해봐. 근데 질서를 생각하면 말이야. 넌, 여자 친구 사귄 적 없지?"

무슨 질문이 이렇담. 기분이 무척 나빴지만 화가 나지는 않았다. 확신에 찬 녀석의 목소리는 정곡을 찌르고 나를 궁지에 몰아녔었다. 뭐라고 말해야 좋을까. 한 번도 없었다고 고백하고 싶진 않고 그렇다고 여자 친구가 있다고 거짓말을 하고 싶지도 않았다. 그저 따라 할 수밖에.

"예뻤다."

관심 없는 얼굴로 녀석은 주머니에서 호루라기를 꺼내 삑삑 불었다. 다행히 나의 거짓 대답은 호루라기 소리에 묻혔다. 전봇대의 그림자가 길어져 내 발 앞까지 드리웠다. 잠시 녀석과 걷기만 했다. 전선들 사이로 보이는 하늘. 다닥다닥 붙어있는 집들. 길가에 줄지어 서 있는 나무. 보이는 것들이 어제와는 사뭇 달리 느껴졌다.

녀석이 골목을 돌아 큰길가로 나가며 다시 호루라기를 삑삑 불었다. 체육 시간이면 아이들이 나를 기준으로 양팔을 벌렸지. 그때 들리던 호루라기 소리가 기억나. 그렇게 말하고는 운동장에서 기준이 된 것처럼 서서 녀석은 두 눈을 모으고 호루라기를 불었다.

"보이지 않지만, 곁에 있는 것 같아. 양팔간격으로 멀어져 있는 친구들이."

말하는 녀석의 몰린 두 눈은 잠시 슬퍼 보였다. 그 후로 유성은 이따금 친구들 이야기를 했다. 친구들의 웃는 모습을 떠올리면서도 녀석은 웃지 않았다. 나는 한 번도 본 적 없는 유성의 웃는 얼굴이 궁금했다.

다음 날 아침 나는 벽돌을 들고 당당하게 전화를 걸었다.

"이상하지. 꿈속에서 이게 꿈이라는 걸 알고 있는 거야. 호루라기 소리가 들리자 우리는 열라 달렸어. 산을 뛰어넘고 한달음에 바다도 건넜지. 날개가 없는데 우리는 훨훨 날아다녔다."

"뭐래. 너, 무척 심심하구나?"

유성은 아직 잠결인지 목소리가 걸걸했다.

"들어봐. 하늘엔 반지 낀 태양이 선물처럼 걸려있었어."

"돌겠네. 그래서?"

"어디선가 양팔을 벌리고 있던 친구들의 응원 소리가 들렸는데 그 순간 환하게 웃는 너의 얼굴을 봤다. 새끼야, 너도 웃을 줄 알더라."

녀석은 아무 말이 없었다. 유성이 말하던, 나를 아는 사람이 된 것 같았다. 내가 보고 싶은 모습이 정말 보였으니까. 우주의 어둠 속에서 하나의 점에 불과할지라도 지구는 푸르게 빛나고 있다고 유성이 늘 말했다. 이 작은 천체에 소중한 이야기가 있다는 듯이.

"경고."

유성이의 목소리가 크게 들렸다.

"유성아, 너 울어본 적 있어? 슬플 때 울어? 화날 때 울어? 그런데 좋을 때도 우는 사람이 있을까?"

녀석에게 물었다.

"감동적인 말을 하라고 했다."

"말해 봐봐."

"슬플 때 울고 화날 때도 울어. 좋을 때는 함께할 친구가 없어서 눈물이 나기도 하지."

궁금한 게 있었지만 나는 더 묻지 않았다.

"최초의 인공위성은 1957년 10월에 러시아가 발사한 스푸트니크 1호야. 그해 11월에 2호를 발사했는데 그 안에는 흰 개가 한 마리 있었어. 우주에서 생명체가 살 수 있는지 연구하려는 목적이었지."

"우주에 개를 보냈어?"

"응. 그런데 흰 개는 지구로 돌아오지 못했어."

"왜? 고장 났어?"

"아니야. 친구가 없었기 때문이야. 흰 개는 외롭고 두려워서 견디지 못한 거야."

지구궤도에 대형 구조물로 이루어진 우주정거장에서 누군가를 기다리고 있던 흰 개가 머릿속에 그려졌다. 밤낮의 구분이 없는 그곳에서 누군가를 얼마나 기다렸을까. 저녁 늦게 비가 온다는데 아침부터 날씨는 끄물거리고 나는 어쩐지 기분이 좋지 않았다.

해조의 눈물은 다른 이유가 있을 것이다. 놀이터의 폭신폭신한 우레탄 바닥을 운동화 뒤축으로 눌러 밟으며 해조를 기다렸다. 포장한 지 얼마 안 되었는지 이상한 냄새가 났다. 아버지는 새벽 시장에 가고 혼자 멀뚱히 누워 밤이 새도록 생각했다. 분명 해조는 그렇게 말했다. 아니, 아무리 생각해봐도 그런 말을 했을 리가 없다. 울기까지 했으니까. 결론을 내릴 수 없었다. 계속 그 장면을 그려보았다. 오래 생각할수록 궁금했고 진실을 알고 싶은 마음이 커졌다. 서둘러 나왔더니 아직 등교하는 학생은 많지 않다. 몸을 비틀고 팔다리를 털고 손가락을 꺾고 있을 때였다. 아이들 사이에 까만 신주머니가 왔다 갔다 하는 게 보였다. 해조였다. 우주에서 누군가를 기다리던 흰 개처럼 반가운 마음에 꼬리를 흔들었다. 그리고 소리쳤다.

　"야!"

　다시 마주친 척하며 다가갔다. 사실은 뛰어갔다. 내 딴엔 인사였으나 내가 듣기에도 시비조였다. 어디서 개소리라도 들은 얼굴로 해조가 나를 향해 고개를 돌렸다. 나는 미안한 마음에 마지못해 웃어 보였다. 어떤 말을 해야 할까.

　"뭐 해줄까?"

　이렇게 물을 수밖에 없는 건 머리가 나빠서가 아니라 해조의 이름 탓이다. 좀 더 멋있게 말하면 좋았을 텐데. 간밤에 다시 잠을 자려는 순간, 어둑한 천장에 뚱뚱한 붕어빵이 헤엄치고 있었는데 붕어의 놀란 표정이 울상이었다. 그 밤에 결심한 게 있었다. 반성하는 마음은 표현해야 한다고.

언제 봤는지를 생각하는 것일까. 해조는 재빨리 고개를 숙이고 걷고만 있다. 가까스로 나를 알아보는 것 같았는데 곁눈으로 눈치를 살피며 걸음을 서둘렀다. 나는 그 뒤를 쫓아갔다. 앞서 걷던 해조가 계속 따라가는 내 앞에 멈춰 섰다. 어쩌 얼굴이 그날보다 더 울상이다. 눈에 물이 고이기 시작한다. 단 몇 초도 걸리지 않았다. 급기야 해조는 두 손으로 얼굴을 감싸고 울기 시작했다.

"야, 왜 울어?"

해조의 행동에 나는 또 당황했다. 이러한 상황을 두 번쯤 겪으니 사태 파악이 분명해졌다. 잃어버린 붕어빵이 기억나는 모양이었다. 그래도 울기까지 할 건 뭐람. 등교하는 아이들이 점점 많아졌다. 혹여 아는 친구들이라도 볼까 싶어 마음이 편치 않았다. 괜히 물어봤다는 후회가 들었다.

여자가 울면 남자는 자신이 개자식이라고 생각한다. 그리고 반성하는 마음이건 미안한 마음이건 다 버리고 도망가고 싶다. 눈물을 와락 터뜨리기 전에 피해야 한다. 나는 서 있는 해조 곁을 쌩하니 지나쳤다.

"누구한테 얘기만 해봐라."

치사하지만 해조에게 들리게끔 중얼거렸다.

"안 아줘."

분명 해조의 목소리였다. 훌쩍거리는 걸 멈추고는 내 뒤통수에 대고 그렇게 말하고 있었다. 발음은 좀 뭉개졌지만 진지한 투였다. 이번엔 제대로 알아들은 것 같은데, 내가 물은 것에 대한 대답인지 정신이 얼떨떨해졌다.

두근두근. 가슴이 뛰고 있다. 외계 행성에 사는 외계인과 톡을 하거나 스포츠카를 타고 우주를 날아다니는 상상을 한 것도 아닌데 말이다.

시간이 멈춘 별

선생님이 아침 조회를 마치고 교실에서 나왔다. 복도에 서 있는 내게 들어가라고 손짓한다. 담임은 도덕 선생님이시다. 가끔 공자님 말씀을 해주는데 기억에 남는 건 하나밖에 없다.

내버려 둔 나무는 아무렇게나 자란다.

앞뒤 말이 있었는데 생각나지 않는다. 좋은 말이라고 모두에게 좋은 건 아닌가 보다. 희망보다는 절망을 느끼게 하는 말이었으니까. 기억나는 것만 기억하는 게 문제긴 하다. 아무튼, 선생님은 그런 뜻깊은 말은 해주면서 지각했다는 이유로 나를 계속 복도에 세워둔다. 내버려 두는 것과 같다. 애정은 원하지 않지만, 나는 무관심도 원한 적이 없다.

　지난밤에 바다를 바라보는 꿈을 꾸다 깨어났는데 꿈의 내용은 기억나지 않고 바다에서 들리던 노랫소리만 어렴풋이 느껴졌다. 유성에게 모닝콜을 하며 나의 작은 힘을 보여줬다. 그러고는 아지트를 한 바퀴 돌다 오느라 지각했다. 순전히 나의 발이 움직인 거라 반성할 마음은 들지 않았다.

　눈에 잘 띄지 않으며 네모난 그늘이 방처럼 생기는 나의 아지트는 동네 곳곳에 자리하고 있다. 재래시장 골목에 어울리지 않게 큰 행정복지센터의 옥외 주차장에도 있고 열병합 발전처 굴뚝을 감싸고 있는 담 부근에도 있다. 고독을 알아갈 무렵 아이들과 대화해보기로 마음먹은 적도 있다. 그러나 철없는 아이들과의 소통은 잘 이루어지지 않았다. 두 살 정도 가지고 뭘 그러나 싶겠지만, 함께 어울리려면 손발이 오그라들도록 동화 구연을 하거나 웃기지도 않은 과장된 몸짓과 엉뚱한 소리라도 해야 할 지경이었다. 그건 인내심이 필요한 일이었는데 나의 적성엔 맞지 않았다. 어쩌면 나를 따돌리기 위해 유치원 놀이를 일삼은 건지도 모른다고 생각할 정도였다. 그럴 바엔 차라리 혼자 있는 게 편했다.

　오늘은 주택가의 놀이터에 우두커니 앉아 어떤 집에서 들리는 여자의 고함만 들었다. 일어나. 밥 먹어. 딱 두 마디를 계속해댔다. 소리 지르는 사람도 그 소리를 듣는 사람도 지겨울 것 같았다. 간혹 이렇게 사색을 방해하는 일이 벌어지기도 했다. 열려 있는 어떤 집의 창문으로 속옷 바람으로 머리를 말리는 아주머니도 보았고 어떤 부부의 그레코로만형의 레슬링을 목격하기도 했다. 때로는 누군가의 울음소리를 듣기도 했다.

놀이터를 돌아 골목으로 들어갔다. 여전히 뭐야는 그곳에 있었다. 앙상한 가지가 내 키만 한 어린나무였다. 그 곁에 잠시 앉아만 있다 왔다. 이건 뭐지. 이게 뭐야. 그러다가 나는 그 나무를 뭐야로 부르기 시작했다. 명문 고등학교에는 영 관심이 없어서 학원 대신 자주 들린 아지트에서 나는 뭐야를 만났다. 처음 본 그날도 평소처럼 상상을 그리고 있었다. 어느 행성, 그곳에도 시간은 흐르는지. 공부하고 취직하고 시험도 보고 경쟁하며 살까. 그곳에서도 사랑을 표현하고 결혼하고 아이를 낳아 가족을 이룰까. 사랑? 다른 때라면 장면 전환이 빠르게 이어질 순간이었지만 그날은 거기에서 멈췄다.

넌 어느 별에서 왔니? 나도 모르게 뭐야에게 건넨 첫마디였다. 원래 그곳에서 자라고 있었는지는 알 수 없었다. 담과 담 사이 아무렇게나 덧칠한 시멘트 틈새에 서 있는 뭐야. 그런 곳에서도 누군가가 살고 있다는 사실에 화가 났다.

양분 없어 보이는 좁고 마른 땅과 얼기설기 얽힌 집들의 지붕에 가로막혀 주먹만 한 하늘이 전부인 그곳에 있는 뭐야. 녀석을 바라보며 하게 되는 사색은 칙칙하고 어두워서 깊이가 느껴졌다. 설레고 울렁거리던 사랑 이야기보다도 분위기가 있었다. 비가 오면 고작 방울방울 떨어지는 물에 만족해야 하고 어른거리는 한줄기 햇빛에도 고개 드는 나무. 모든 것이 부족해 보였지만, 모든 게 견딜 만한 것 같은 뭐야. 그게 뭐야?

언젠가 보았던 나무들이 떠올랐다. 산기슭 가파른 경사에서 해를 향해 휘어질 대로 휘어져 자라는 나무. 아팠다가 낫고 슬펐다가 나은 듯 골이 파인 나무. 그보다 어린 뭐야의 환경은 더 안 좋아 보였다. 보지 않으면 보이지 않는 뭐야였으니까.

뭐야 곁에서 혼자 하는 사색은 조용히 시작됐다. 지구 같은, 그러나 지구와 다른 별. 수성은 대기와 물이 없어서 제외하고 이산화탄소 대기층으로 온도와 압력이 높은 금성도 제외. 그렇다고 얼어붙은 화성도 아니고 멀고 먼 목성이나 토성 천왕성 해왕성도 아니다. 해와 달과 별이 함께 떠 있는 하늘을 바라볼 수 있는 시간이 멈춘 별이다. 지구에서 갈 수는 있지만 다시 지구로 돌아올 수는 없다.

동그란 얼굴이 떠오르는데 그곳에서 별을 지키는 녀석이다. 내가 상상하는 세상 속의 별지기는 우는 것도 웃는 것도 어울리지 않아 늘 무표정하다. 지구에서 살다가 그곳으로 가게 된 녀석은 몹시 외로워서 또 다른 지구를 만들기 위해 노력하는 중이었다.

도시를 만들고 학교를 만들고 방송국도 만들었다. 지구에서 건축사를 데려가 멋진 집을 짓고 텔레비전에 출연하는 연예인과 운동선수들로 재밌는 방송국을 만들었다. 어떤 날은 할머니 할아버지 그리고 아이들을 데리고 가 과수원 마을을 만들었다. 얼마 전엔 바다로 여행을 가던 친구들과 함께 고등학교를 만들었다. 유성의 친구들도 있었다.

누군가를 떠나보낸 지구 사람들은 많이 슬퍼했는데 별지기 녀석은 그들에게 슬퍼하지 말라고 말해주고 싶었다. 잘 지내고 있다고. 욕심 많고 아주 이기적인 녀석이지만 왜 그러는지 알게 되면 이해가 되기도 한다.

"케플러 우주 망원경은 연료가 바닥나는 순간까지 외계 행성을 발견했대. 무려 2,600개가 넘어. 제2의 지구라고 할 수 있어. 왜냐하면 태양과 같은 붙박이별 주위에 여러 개의 행성이 함께하는데 태양계와 같은 모습이거든. 물도 존재하고 말야. 그중에 있을 거야."

나의 상상 속의 세계가 진짜 있겠냐고 물었을 때 유성이 한 말이었다. 밤하늘이 맑아 별이 많이 보였다. 마당 가운데 3층 집에서 버린 4인용 소파를 놓았더니 제법 아늑한 분위기가 꾸며졌다. 유성이 입을 쫙 벌리고 소파에 벌러덩 누워 하늘을 더 잘 볼 수 있게 되었다고 말했다.

"토성의 가장 큰 위성 타이탄은 질소를 주성분으로 하는 대기가 있고 대기압도 지구와 흡사하대. 지금보다 더 잘 알게 되면 지구를 떠난 누군가가 그곳에서 살고 있는지 확인해볼 수 있을 거야."

"그래. 우주가 이렇게 넓은데 설마 지구와 같은 곳이 없겠어? 그런데 그곳에서 살아가는 사람들도 지구를 그려볼까? 지구에서의 삶을 기억할까?"

"기억할 거야."

소파에서 일어나 하늘과 가까워지려는 듯 유성이 맨발로 소파에 올라갔다.

"만날 수도 있겠지?"

"어두운 공간에서 우리를 향해 달려오는 새로운 혜성들이 있어. 충돌이 아니라 만남을 위해서 말이지. 안드로메다은하도 우리은하와 점점 가까워지고 있다니까."

그 별에 관해 이야기를 나누며 함께 상상하니 우리는 궁금한 게 더 많아졌다.

"친구들을 만났는데 난 할아버지고 친구들은 아직 청춘이면

난처한데. 날 알아볼 수는 있을까?"

녀석이 웬일로 내게 물었다.

"야 인마, 네가 알아보면 되잖아. 근데 걱정하지 마. 넌 워낙 삐딱해서 친구들이 다 알아볼 거다."

"나, 친구 녀석과 약속했는데. 대학 들어가면 신분증 당당하게 내밀고 식당에 앉아 알탕 안주에 술을 마셔보기로. 어떤 기분일지 떠들면서 술에 취한 척 아이들 틈에서 빙그르르 돌았다? 그 모습에 모두 장난치며 웃었어. 그때 창밖으로 보이는 바다는 잔잔하고 참 평화로웠다."

유성이 더 높은 하늘을 향해 고개를 들었다.

"그게 마지막 대화였어. 언젠가 만나면 술 한잔해야지."

"중구. 너와 닮은 친구? 인마, 언젠가 만나도 그 친구는 미성년자일지 몰라."

친구를 기억하는 녀석을 바라봤다.

"보호자가 있잖아. 나."

유성이 말했다.

꿈에 바다에 나가 유성을 기다렸다. 소리 없는 꿈을 꾼다는 녀석의 말을 떠올리면서. 아무 소리도 들리지 않아. 울고 있는 표정만 보여. 중구 녀석은 내게 구명조끼를 벗어주고 헤엄을 쳤어. 곁에 있는 친구에게 그 구명조끼를 건네주고 나도 중구를 따라 헤엄을 쳤지. 그러고는 기억나지 않아. 유성은 결코 잊을 수 없는 기억을 소리 내고 있었다.

"삐딱아, 밥 잘 먹고 잘 자고 재밌게 지내래."

"누가?"

"그 행성 말야. 우리은하와 겨우 11억 광년 떨어진 곳이더라. 인터넷 다 뒤져서 알아냈어. 친구들이 남긴 글도 있어. 잘 지내고 있다고 걱정하지 말래. 너에게 보여주려고 다시 찾았는데 업그레이드 상태라 지금은 접속이 어려워."

오늘의 모닝콜은 녀석에게 감동을 주기 위해 한 말은 아니었다. 바다에서 들려오는 노래를 내가 해석한 거였다. 늘 그랬던 것처럼 경고를 외칠 거라고 생각했는데 녀석은 아무런 말이 없었다. 잠시 후 수화기 너머에서 호루라기 소리가 들렸다. 삑삑. 전화기를 붙들고 우두커니 서서 나는 녀석이 무슨 말이든 하길 바랐다.

"경고. 너, 우리 집으로 와라."

유성의 말에 나는 힘차게 달렸다. 이유는 모르겠지만, 녀석이 말을 많이 할수록, 내가 할 수 있는 게 하나둘 생길수록 기분이 좋았다. 유성의 집에 가려면 사거리를 두 개나 지나야 하고 더군다나 학교와는 정반대였다. 유성은 대문 앞에서 나를 기다리고 있었는데 딱히 뭘 하려는 건 아니었다.

"근데 거기 뭐 타고 갔다 왔어? 혹시 디스커버리호?"

녀석이 내 어깨에 손을 올렸다.

"응? 어떻게 알았어?"

뜬금없는 질문에 잠시 머뭇거리다가 녀석에게 겨우 이렇게 물었다.

"1986년 우주왕복선 챌린저호가 발사 직후 폭발했을 때 많은 사람이 슬퍼했어. 또 지구를 떠난 지 20년 만에 연료가 바닥난 토성 궤도선 카시니호는 임무를 수행하고 스스로 토성과 충돌해서 산화했지. 장렬히. 그렇게 대부분의 우주선이 사라졌지만 다행스럽게도 디스커버리호는 실물 그대로 전시되어있거든. 발사체에 타던 그 모습 그대로."

복도에 서서 선생님의 뒷모습을 바라봤다. 디스커버리호가 어디 있는지 아시냐고 물어보고 싶었다. 요즘 세상에도 이런 체벌을 하는 걸 보면 무식할 게 분명하다. 밖에 세워두는 체벌은 아무렇게나 버려진 느낌이다. 관심보다는 무관심이 편하지만 가뜩이나 학교생활을 성실히 하기 힘든데 조회를 못 듣다 보면 오늘의 행사나 주의 사항 같은 걸 빠뜨리는 경우가 많다. 그러나 아침부터 관심의 대상이 되고 싶지 않아 침묵을 지켰다. 말 한마디 섣불리 했다가 불편한 애정이 시작된 일이 수두룩했으니까. 그런데 더벅머리를 손가락으로 빗으며 걷는 선생님의 뒷모습이 혼자 임무를 수행하는 우주선처럼 외로워 보인다.

교실로 들어가 해조부터 찾았다. 똑바른 자세로 조회가 끝난 칠판을 바라보고 있다. 일부러 눈에 띄게 앞문으로 들어갔는데 나를 보고도 못 본 척하는 건지 계속 칠판만 보고 있다. 여자애들에게 내가 존재감이 없긴 하지만, 그래도 이해할 수 없다.

정식이가 해조의 짝이다. 녀석은 늘 책을 끼고 다닌다. 처음엔 폼인가 했는데 그건 아니었다. 툭하면 책 얘기를 하는 통에 밥맛이 없을 정도다. 행동이 얼마나 빠른지 나는 녀석을 촐랑이라고 불렀다. 맨 앞줄의 민구는 책상에 또 엎어져 있다. 언젠가 낙지나 오징어 같은 연체동물이었음이 틀림없다. 동호는 친구 녀석들 사이에서 혼자 몸을 흔들며 키득거린다. 맨날 지가 웃느라 정신없다. 웃음이 저렇게 많아서 어쩌려고 그러는지 모르겠다.

나의 짝인 송이는 조용히 앉아 책 정리를 하고 있다. 오늘은 머리에 나비 핀까지 꽂았는데 팔랑팔랑 날아갈 듯 색이 고왔다. 나는 송이 머리에 입바람을 불며 자리에 앉았다. 1교시 국어, 2교시 미술, 3교시 수학. 시간표를 바라봤다. 칠판에 누군가 낙서를 해놓은 모양이다. 떠든 미친 소 유창공. 오늘은 제정신으로 수업에 임해야지. 나는 늘 다짐한다.

머릿속 조종사

무수히 많은 선인장이 가지를 뻗고 있다. 해조는 사막에서나 볼 법한 선인장을 그리고 있었다. 뾰족한 가시는 선인장의 뿌리 부근에 촘촘히 돋아있었다.

"거기 같아."

동호와 그 무리가 고개를 숙이고는 장난스럽게 웃었다.

민구는 책상에 머리를 박고 도화지에 검은 칠을 하고 있다. 그리고 싶은 걸 그리라는 미술 선생님의 말씀은 있었지만, 딱 봐도 엉망이었다. 크레파스 한 가지 색으로 그림도 글씨도 넣지 않고 까맣게 칠만 했다. 박박. 군데군데 검은 얼룩만 그림인 양

번져있었다. 앉은 자세도 지겨워 어쩔 줄 모르는 폼이다. 이젠
아예 책상에 엎드려 쭉 뻗은 한쪽 팔 위에 머리를 붙인 채 다른
쪽 손목에 스냅을 주며 그림을 그리고 있다. 제법 과격하고 빠
른 터치에도 온통 까만 그림은 답답하게만 보였다.

민구의 태도를 나무라지 않는 선생님을 나는 자꾸 쳐다봤다.
우리의 현실은 모든 학업이 대학 입학을 위한 과정이다. 예체능
쪽으로 가는 아이들을 빼고는 미술이나 음악, 체육 과목은 그다
지 중요하게 생각하지 않는 것 같다. 명문고 합격률이 높은 중
학교의 학생으로서 모두 영어와 수학에만 목을 매달고 있었고
그걸 인정하는 까닭인지 미술 선생님은 교탁에 앉아 고개 한 번
들지 않았다. 정수리만 보인 채로 뭔가를 열심히 기록하고 있었
다. 아이들 대다수는 버젓이 학원 숙제를 하거나 부족한 잠을
잤다.

"야, 너 뭘 그리냐?"

인생의 선배로서 민구가 마음에 들지 않았다. 곱지 않은 말투
로 나는 따지듯 물었다. 민구는 엎어진 자세 그대로 것도 모르
냐는 표정을 지었다. 그러고는 고개만 까딱 세우고 도화지를 들
어 보인다. 두려움을 모르는 녀석이다.

"보면 몰라? 요?"

두 살이 많은 나에게 민구는 반말과 존댓말을 번갈아 썼다. 제

기분 내키는 대로 사는 녀석이라 나도 이래라저래라 참견하지는 않는다. 이번엔 분명 존대였는데 공손하게 느껴지지 않았다. 너 같으면 알겠냐는 식으로 그냥 한쪽 입꼬리만 끌어올렸다.

"혹시 김?"

온통 까만 게 그렇게 보였다.

"헐."

언제 적 유머냐는 식이었다.

"그럼 뭔데?"

"암흑."

민구의 대답은 짧고도 분명했다. 녀석도 혹시? 우주의 어둠을 그린 걸까? 나도 모르게 감탄사가 흘러나왔다. 좀 더 가까이 바라보며 도화지 구석 어딘가에 있을지도 모를 반짝이는 행성을 찾았지만, 얼룩뿐이었다. 민구는 붓을 물통에 넣고 신경질적으로 흔들었다. 아무리 봐도 별이 빛나는 우주는 아니었다. 청소년기에 암흑이라니. 너무 부정적인 건 아닌지. 그야말로 암담했다. 민구는 어쩌면 복잡한 세상 속에서 뭔가를 알아가는 중인지도 모른다. 그러나 민구에게 빨리 광명이 찾아오길 바라는 마음으로 한마디를 했다.

"야, 누가 봐도 김이야."

시선을 돌려 대각선 방향에 앉은 해조를 바라봤다. 흰자위가 많이 보이는 눈을 하고는 먼 곳을 바라보고 있다. 지금까지 저런 동작을 백 번은 반복한 것 같다. 무언가 골똘히 생각하는 것도 아니고 그렇다고 주의 깊게 관찰하는 표정도 아니었다. 고개를 숙이고 그리던 그림을 그렸다.

나는 해조의 말이 자꾸 떠올라 수업에 집중할 수 없었다. 나는 뭐야를 그리려 했다. 환경을 바꿔주고 싶었다. 너른 땅과 드넓은 하늘 아래 있는 뭐야. 유성과 보았던 금빛 해를 향해 가지를 뻗고 있는 뭐야를. 그리고 만남을 위해 우리에게 달려오고 있다는 혜성을 그리고도 싶었다. 태양 광선을 받으며 지구를 향해 천상의 아름다움을 보여주고 있다는 행성을. 그러나 나는 8절 도화지 위에 한 여자를 그리고 있었다. 인물화인 셈이다.

여자는 도시를 배경으로 서서 양팔을 벌리고 있다. 자상한 미소를 표현하기 위해 눈동자를 그리지 않고 반달 모양의 곡선을 넣었다. 뽀글거리는 파마머리 대신 단정한 단발머리에 옷깃에는 레이스가 달린 귀여운 옷도 입혔다. 초등학생 그림도 아니고, 내가 봐도 수준 미달이었지만 그리면서 나는 몰입의 즐거움을 느끼고 있었다.

"어머나 깜짝이야."

송이의 목소리였다.

"창피해."

기어코 그 말을 또 한다. 송이가 재빨리 고개를 돌리고는 자신의 그림에 열중하는 척했다. 언젠가부터 송이는 창피하다는 말을 자주 했다. 내가 다리를 떨거나 주먹다짐을 할 때는 물론이고 졸고 있을 때도 그랬다. 매번 적절한 표현은 아닌 것 같았는데 자주 듣는 말이라 어느 날 사전에서 창피하다를 찾아보았다. '낯이 깎이거나 아니꼬움을 당한 부끄러움' 이 말이 더 어려웠다. 나 때문에 송이가 부끄러운 걸까? 왜? 매일매일 들어도 나는 그 단어가 익숙하지 않았다. 나도 모르게 다리를 떨었나? 내 그림을 보고 하는 소린가? 소매에 코를 닦지 말았어야 했다. 기분이 나빠질 만도 한데 송이의 얼굴이 귀여운 편이라 한 귀로 듣고 한 귀로 흘리는 게 어렵지 않았다.

송이는 그럴듯한 풍경화를 그리고 있었다. 평소 송이는 지겹도록 학원 숙제를 했다. 외국어고등학교에 진학하기 위해 쉬는 시간은 물론 수업 시간마다 바빴다. 그러나 요즘은 체육 시간엔 운동하고 미술 시간엔 그림을 그린다. 음악 시간엔 노래를 부르는데 수학 시간엔 만화를 그리고 영어 시간엔 종이접기를 했다.

연둣빛 그림 위 송이의 손놀림은 우아했지만, 표정이 웃겼다. 뭔가에 열중하고 있을 때 꽉 다문 입술을 내미는 버릇이 있는데 그 모습이 머리핀으로 멋을 낸 오리 같았다. 나도 모르게 피식 웃고 말았다. 침이 튀었는지 내게 눈을 흘기면서 스케치북을 확인하더니 휴지로 꼭꼭 눌러 닦는다. 송이는 나무 한 그루를 그리는 데도 여러 가지 색을 입혔다. 나뭇잎이 바람에 흔들려 빛을 품는 모양새에 따라 빛깔을 달리하고 있었다. 나의 일차원적인 그림과는 비교할 수가 없다.

창피해. 솔직히 누가 뭐라고 하기 전에 내가 그린 여자의 모습은 직선과 곡선이 만났을 뿐, 아무런 이야기가 없는 느낌이었다. 문어발 같은 손가락만 정교했다.

교탁에서 일어난 선생님이 그제야 교실을 한 바퀴 돌았다. 몇몇 아이들은 허둥지둥 도화지를 펼쳤다. 선생님은 민구의 그림과 나의 그림을 번갈아 보다가 뜨악한 표정으로 고개를 흔들었다. 뒤떨어지는 색채감각과 엉성한 구도가 놀라웠나 보다.

중학생이나 된 녀석들이 한심하다는 표정을 짓고 있다가 갑자기 재채기를 했다. 손바닥을 바지에 쓱쓱 문대고는 이내 다른 아이들을 둘러봤다. 선생님은 이렇다 저렇다 평가는 하지 않았다. 안 좋은 소리는 말하는 사람도 듣는 사람도 피곤하니까. 그러나 감히 말하는데 예술 작품을 만들어내기에는 도움이 되지 않는 눈빛이었다.

"다 그린 거야?"

내 곁을 지나쳐 교탁에 선 선생님이 유독 나에게만 물었다.

"네."

공손하게 대답하고는 도화지를 뒤집어 '허그 데이'라고 크게 제목을 썼다. 선생님의 표정이 좀 전과 달라진 것 같았다. 허그. 누군가의 가슴에서 전해지는 온기를 그림으로 표현한다는 것은 어려운 일일 테니까. 그나마 정교하게 그린 손가락이 제목과 신기하게 어울렸다. 송이 또한 곁눈질하고는 자신의 말을 후회하는 얼굴이었다.

"허그 데이?"

건성으로 묻고는 송이가 나를 불쌍하게 바라보았다. 이유는 알 수 없었다.

저게 뭐지? 선인장 같았는데 마디로 연결된 덩어리들이 비죽비죽했다. 가만히 자신의 그림을 바라보는 해조의 표정은 어두웠다. 아이들이 킬킬거리는 소리가 들렸다. 들쑥날쑥 무더기로 솟아있는 걸 보니 나는 도무지 무슨 그림인지 알 수 없었다. 해조가 고개를 들었다.

교실 창밖으로 보이는 두 개의 굴뚝에서 김이 모락모락 났다. 수리산을 배경으로 한 자원회수시설과 파워 열병합 발전처의 굴뚝이었다. 그 옆으로 많은 사람이 입주하기를 꿈꾸던 아크로타워가 보인다. 그 사이의 도로에는 버스 정류장이 있고 지하철역이 있을 테지만 길은 보이지 않는다. 해조가 바라보는 풍경은 어떤 그림일지 궁금했다.

로봇이 로봇을 만드는 세상이 온다면 어떨까. 집에 오는 길에 만난 유성이 말했다. 로봇팔에 주변을 볼 수 있는 시야 기술을 적용하고 필드 시스템을 완성하면 가능한 일이라고 난리였다. 로봇 한 대가 고장 나도 멈춤 없이 수십 대가 정보를 교환하며 움직일 수 있다고 하면서. 녀석의 이야기에 해조가 나를 향해 던진 스노볼이 떠올랐다. 로봇이 눈이 가득한 동그란 마을을 두 팔로 들고 있는 모습이었다. 그러고는 난데없이 내 머릿속에 로봇 조종사가 있는지도 모르겠다는 생각이 들었다.

"내가 어떤 사람인 줄 아냐? 고양이가 먹을 걸 양보하더라. 하마터면 고맙다고 할 뻔했는데 사라졌어."

내가 말했다.

"뭐라고?"

"고백할 게 있다. 사실 내 머릿속에 로봇 조종사가 있어. 지능 상위 2퍼센트에 잘생기고 근육질 몸은 비율도 좋아. 이런 인물이 너에게 아침마다 모닝콜을 해주는 거다."

"미안하지만, 경고 먹어라."

녀석의 대꾸에 갑자기 배가 불렀다. 경고를 얼마나 처먹어야 이걸 그만둘 수 있을까. 녀석의 머릿속에는 어떤 조종사가 있는 걸까?

"질량이 있는 모든 물체 사이에는 서로 잡아당기는 만유인력이 작용해. 우리가 공중에 떠다니지 않고 땅에서 걸어 다닐 수 있는 것도 지구가 물건을 끌어당기는 중력 때문이야. 알지?"

유성이 물었다.

"그런데?"

"중력을 이길 수 있는 속도로 날리면 어떻게 될까? 네 머릿속 조종사에게 물어봐라. 중력을 무시하고 지구에서 밖으로 날아갈 수 있는 속도를."

녀석은 내 머릿속 조종사가 네이버 수준으로 굉장히 똑똑한 줄 아는 모양이다.

"알아서 뭐 하게?"

"그 속도로 널 던져보게. 우주에는 착각이나 착오가 없어. 절대적인 질서가 있지. 그렇다고 실망하지는 마. 우주에는 좌절도 없다. 규칙이 있을 뿐이야. 한번 가볼래?"

유성이 하늘을 찌를 듯 가리켰다.

"됐거든."

지구 밖으로 나를 던진다고? 아침마다 죽을 고비를 넘는 기분이다. 그런데도 묘하게 보람을 느낀다. 나에게 무례해도 녀석의 목소리를 들으면 이상하게 힘이 난다.

*

　며칠 전 담임선생님이 새 친구를 소개했다. 전학생이다. 앞으로 잘 지내도록 해라. 선생님과 함께 교실로 들어서는 츄파춥스를 보고 나는 적잖이 놀랐다. 고양이가 우아하게 먹을 것을 내게 양보하던 모습이 하필 떠오르는 날이었다. 교복을 입고 얌전하게 묶은 머리 때문에 처음에는 알아보지 못했다. 입술 옆의 새까만 점을 바라보며 츄파춥스를 물고 있던 해조와 닮았다는 생각을 하는 순간 딸꾹질이 났다. 한꺼번에 삼킨 공기가 목을 건드렸고 나의 몸이 들썩거리기 시작했다. 딸꾹. 해조가 분명했다. 고백이라도 하듯이 나는 수업 시간 내내 존재감을 드러냈다. 숨을 참아보고 혓바닥을 길게 빼 보아도 소용없었다. 등과 겨드랑이에 땀이 흥건했다.

　해조는 나를 보지 못한 모양이었다. 최선을 다했지만 멈추지 않는 딸꾹질을 하면서도 나는 뒷자리라 츄파춥스를 볼 수 있었다. 그 애는 책상과 의자 사이에 몸을 끼워 넣은 것처럼 여유 공간 없이 앉아 앞만 바라보고 있었는데 칠판보다 더 먼 곳을 바라보는 듯했다. 들썩. 해조가 뒤돌아보지 않은 건 다행이었지만 그 순간의 내 심정을 어떻게 표현해야 할까. 할 수만 있다면 몸을 차곡차곡 접어 책상 서랍이든 사물함에든 들어가고 싶었다.

지난주였다. 동네에서 시끄럽기로 유명한 치와와 짖는 소리가 들리는 저녁 무렵, 츄파춥스를 입에 물고 종이봉투를 안고 가는 해조를 보았다. 시장 골목을 막 벗어나고 있던 참이었다. 뒤로 보이는 즐비한 노점들은 하나둘 불을 밝히고 있었고 저녁 준비를 위해 나온 사람들과 상인들의 대화가 시끄럽게 오갔다.

"그거 뭐야?"

두 개의 가로등을 지나 오밀조밀한 주택가로 이어지는 어둑한 골목길에서 나는 츄파춥스에게 다가갔다. 그리고 제법 친한 체하며 물었다. 조용하던 하루라 아주 심심했다. 해조는 바로 내게 오늘의 타깃이었다.

"이거?"

해조가 양손에 있는 스노볼과 종이봉투를 들어 올렸다.

"그거."

나는 해조의 오른손을 가리켰다.

"붕어빵."

처음 보는 나에게 해조는 해맑게 웃으며 대답했다. 똥 모양으로 올린 머리와 꽃이 그려진 주머니가 앙증맞게 달린 셔츠를 입고 있었는데 무지갯빛의 츄파춥스는 그런 해조의 이미지를 더욱 천진하게 만들었다.

나는 곧 지루해졌다. 하얀 얼굴이 무척이나 착하게 보였다. 잠시 해조의 보폭에 맞추어 인적이 드문 길을 나란히 걸었다. 동네에 사는 웬만한 사람들의 얼굴은 아는데 해조는 처음 보는 여학생이었다.

"집이 어디야?"

"여기."

가로등 불빛을 받으며 해조는 나를 향해 웃었다. 고개를 갸웃거리며 입술을 둥그렇게 만들어 츄파춥스에 물든 빨간 혓바닥을 보이며 해조가 웃었다. 여기가 다 네 집이라고? 물어보려다가 뭐 그렇게 궁금한 것도 아니고 시간 낭비할 필요 없겠다는 생각이 들었다. 장난칠 거라고는 하나밖에 없었다.

해조는 내가 발걸음을 서두르자 덩달아 바삐 움직였다. 알 수 없는 멜로디에 박자를 맞추는 것처럼 겅중거리며 걷다가 해조가 별도 없는 하늘로 손가락을 들어 올렸다. 어제 보았던 반달이 어제와는 다른 곳에서 빵빵하게 배를 내밀고 있었다.

골목은 어두웠고 길 끝까지 인적이 보이지 않았다. 그때였다. 나는 츄파춥스의 한쪽 손에 들려있는, 붕어빵이 담겨있는 봉지를 낚아채 쏜살같이 달렸다. 그야말로 바람의 속도와 같았다. 나는 그 시각에 배가 고팠고 해조의 손에 들린 붕어빵은 빼앗기 수월해 보였다. 해조는 소리를 지르거나 나를 쫓아오려 뛰지 않았다. 대신 나를 향해 던진 스노볼이 나보다 앞서 날아가다 바닥에 떨어졌다.

주먹만 한 붕어빵이 여섯 개 들어있었다. 스노볼을 손에 들고 바라보며 붕어의 입술을 베어 먹었다. 토끼처럼 긴 귀가 뾰족한 로봇이 두 팔로 스노볼을 들고 있었다. 볼 안에는 오로라 빛의 눈이 보슬보슬 내렸다. 하얀 눈을 바라보고 있자니 차갑게 식은 붕어빵이 따뜻하게 느껴졌다. 내 머릿속의 로봇 조종사는 마음이 불편했는지 그만 처먹고 나머지는 지금 앞에 지나가는 길고양이에게 던지라는 명령을 내렸다. 깜짝 놀라 주춤거리던 고양이는 내가 던진 붕어빵을 외면하고 지나쳤는데 그 모습이 기분 나쁠 정도로 품위가 있었다. 고양이보다 내가 더 탐욕스러웠다는 걸 증명하고 있었다. 녀석이 우아하게 걸음을 옮기며 눈을 째지게 흘겼다.

야 아옹. 너나 먹어.

맙소사. 고양이는 이렇게 울었다. 집어 던질 돌멩이를 찾으려 아파트 화단을 기웃거렸지만, 나뭇가지와 바위만 보였다. 그 순간 낮은 단독주택의 집집이 열려있는 창문으로 밥 짓는 냄새와 도마 두드리는 소리가 났다. 그 소리와 냄새 속에 나는 잠시 정지했다. 내가 걸음마를 하기 전, 그러니까 아주 오래전으로 돌아간 기분이었다. 낯선 편안함이라고 해야 할지, 어색하게 따뜻한 느낌이라고 해야 할지 아무튼 이상한 공기가 나를 향해 다가

왔다. 나는 배에 꽉 막힌 붕어빵을 쓸어내렸다.

품위를 잃지 않은 고양이는 어느새 사라지고 없었다. 그러고 있으니 바람의 속도로 달린 게 쪽팔렸다. 머리를 긁적이고 발길질을 하다가 캭, 입안에 들러붙어 있던 껄끄러운 팥 껍질을 뱉어냈다.

"퉤."

평화로운 세상에 어울리지 않게 튀는 소리였다. 나는 가만히 있을 수가 없어서 어두컴컴한 골목길을 내달렸다. 고급스러운 외관을 자랑하는 행정복지센터의 불빛 뒤로 건물과 집들과 전봇대의 윤곽이 희미해진 길이 이어졌다. 달음박질을 치다 넘어지기라도 한다면 오히려 후련할 것 같았지만 나는 잘 달리고 있었고 그래서 더욱 화가 났다.

그날을 기억하는 지금까지도 화는 풀리지 않고 있다. 내가 저지른 일이니 인정해야겠지만 억울하다. 나도 모르게 신속하게 이루어지는 판단과 선택은 대체 어디서 비롯되는 것일까. 시간이 지나고 보면 그 순간의 나는 내가 아닐 때가 많다.

붕어빵에 손을 대도록 바람을 잡은 건 대체 누굴까. 내 머릿속에 불량한 조종사가 정말 있는 걸까. 꼴통 같은 조종사. 머저리 같은 조종사. 그런데 붕어빵을 빼앗은 나에게 해조는 왜 그런 말을 했을까.

등굣길에 봤던 여학생들이 지나간다. 집이 이 근처인가 보다. 쉬지 않고 수다를 떨며 걸어가고 있다. 나는 보기 좋은 스타일을 유지하려고 주머니에 손을 찔러 넣었다. 고개를 숙이고 눈을 치켜떴다. 엉덩이가 도드라지지 않도록 허리에 힘을 주었다. 그런데 여학생들은 내게 관심이 없다. 내가 오징어로 보이는 건 아닐까. 혹시 안 보이나? 여전히 눈길 한 번 안 주고 얘기에 정신이 팔려있다. 유성과 함께 있었다면 분명히 바라봤을 텐데.

무심코 고개를 들었는데 하늘에 깃털 구름이 걸려있고 그 한복판을 새 한 마리가 날아가고 있었다. 나는 공기를 깊이 들이마셨다. 어디선가 꽃향기가 나는 것 같아 화단 쪽으로 눈길을 돌리는 찰나, 해조의 뒷모습이 보였다.

집에 가는 중인가? 뭐 하다 이제 가는 거지? 나는 걸음을 서둘러 골목으로 접어드는 해조의 뒤를 따라갔다. 집에도 바쁜 일이 있는 사람처럼 얼굴이 먼저 서두르는 걸음이었다.

해조의 머리 위에 나비 한 마리가 너울너울 날고 있었다. 그림 같은 장면이다. 해조가 걸음을 멈춘 곳은 파란 대문이 있는 단층 주택으로 경사가 시작되는 비탈길의 초입이었다. 오른쪽 담이 경사로를 타고 심하게 올라가 있어서 집 전체가 담에 매달린 것처럼 보였다. 집이 힘들어 보이니까 그곳으로 들어가는 해조도 힘들어 보였다. 우리 집에서 멀지 않은 거리였다.

열린 문 사이로 시멘트를 발라놓은 휑뎅그렁한 마당이 보이고 그 가운데 수도꼭지가 함지박에 코를 박고 있다. 그 옆으로 기척을 느낀 강아지 한 마리가 퉁겨 오를 듯 뛰어올랐다가 목줄에 제지당했다. 그러고도 연신 꼬리를 흔드는 모습에 나도 모르게 피식 웃음이 났다. 종종아, 하고 해조가 부르자 강아지는 낑낑대기 시작했다.

해조가 들어간 후 대문이 닫혔다. 어찌나 세게 닫는지 대문이 떨어져 나가는 줄 알았다. 내가 쫓아온 걸 알고 저러는 건 아닐 거다. 마른바람 사이로 시멘트 냄새가 났다. 문 닫히는 소리에 놀란 내 가슴과 함께 파란 대문이 진동하고 있다. 덜덜덜. 머릿속 로봇 조종사가 떨고 있는지도 모른다. 골목을 빠져나오자 아버지가 운영하는 옷 가게가 보인다.

불사조

옷 가게는 언제나 꽃 가게처럼 보인다. 아버지는 창가에 걸린 옷을 바꾸고 있었다. 상의에는 자잘한 노란 꽃무늬가 하의에는 커다랗고 붉은 꽃무늬가 그려진 옷이었다. 출입하는 유리문에는 해파리 촉수처럼 늘어진 꽃줄기가 보라색으로 염색된 옷이 걸려 있다. 어지러워 보일만도 한데 꽤 흡족한 얼굴로 아버지는 밖으로 나와 가게를 바라보고 있었다.

큰길가에서 시장으로 들어가는 골목 입구에 가게가 있다. 나오면 무조건 얻는다는 모퉁이 자리였지만, 6개월 동안 비어있었다. 해가 밝을수록 고층아파트의 그림자가 길게 그리고 오랫동안 누워있는 자리였다. 권리금은 없었으나 계약서에는 특별한 조항이 추가되었다. 나가라고 하면 언제든 나가겠다는 내용이었다. 구조 변경을 하든 건축을 새로 하든 건물주의 계획에 따라 변동이 있는 자리였다. 주변 상인들의 염려에도 아랑곳하지 않고 아버지는 그곳에 옷 가게를 차렸다.

다섯 평 남짓 되는 가게에는 그전의 간판이 그대로 달려있었다. 먹어분식. 전에 몇 번 먹어봤는데 맛은 그냥 그랬다. 배가 고팠는데도 맛을 느낄 수 없었던 건 순전히 기분 문제였다. 시키는 건 왠지 하기 싫으니까. 먹으라고 윽박지르는 느낌이 들었던 건 간판뿐만이 아니었다. 주인아주머니의 육중한 배와 부리부리한 눈빛도 한몫했다.

유성재. 박공주. 아버지는 자신의 이름 한 글자와 어머니 이름의 한 글자를 넣어 아들의 이름을 성공이라 짓자고 했지만, 어머니의 반대에 부딪혀 나의 이름은 창공이 되었다. 어머니는 아버지에게 사람은 이름대로 사는 것이 아니며 만약 그랬다면 당신이 왕자여야 하는데 그게 가능한 일이냐고 물었다고 한다. 어머니의 이름은 공주였으니까.

지은 지 30년이 넘은 낡은 상가의 이층집과 아직도 살아남은 재래시장이 계속 살아남기 위해 기를 쓰는 주변 환경 그리고 이

웃들, 절약에 집착해야 하는 빠듯한 수입 등을 어머니는 늘 구체적으로 이야기했고 그럴 때마다 아버지는 침을 한번 꼴깍 삼키고 말문을 닫았다.

공주와 함께 왕자를 꿈꾸던 아버지는 현실을 똑바로 바라보고 있는 어머니의 말을 수정할 수 없었다고 하는데 아내의 말에 상처받은 게 분명했다. 그렇게 어머니는 내 이름을 창공으로 해야 한다면서 끝까지 싸우고 이기고 그래 놓고 집을 나갔다. 내가 말을 배우기 전이었다.

"어디선가 공주가 됐을 거다."

아버지는 언제나 이렇게 말했다. 아내가 없는 아버지의 얼굴엔 그리움이 묻어있었다. 어릴 땐 이해할 수 없는 말이었다. 그러나 언젠가부터 나는 아버지의 이야기를 묵묵히 듣고 있다가 밖으로 나가 창공을 바라봤다. 나의 기분과는 어울리지 않게 푸르고 눈부신 하늘 아래에서 세상 너머를 상상했다. 어머니는 어디선가 공주가 되었을까? 어머니가 어느 나라의 공주가 되었다면, 마음만 먹으면 아버지와 나를 찾는 건 어렵지 않을 것이다. 그곳은 너무 먼 곳일 뿐이다. 어머니도 고개 들어 창공을 바라볼까. 그곳의 하늘은 어떤 빛일까. 유성이 말하는 은하계의 어디쯤일 것이다.

이야기의 주인공은 잔소리가 많은 공주였지만, 어머니의 이름은 공주가 아니다. 꽃, 박꽃이 많이 피는 계절에 태어난 어머니의 진짜 이름은 박꽃이었다. 그러나 내가 글을 알기 전부터 시작된 아버지의 이야기 속 어머니는 늘 공주였고 아버지의 기분에 따라 이야기는 풍성해졌다. 희로애락. 기쁨과 노여움과 슬픔과 즐거움. 그중 기쁘다는 감정은 어떤 기분인지 잘 모르겠다. 가끔 등을 돌리고 앉아있는 아버지를 보곤 했다. 아버지의 눈물에 화를 내는 성격이었다면 나는 가출을 결심했을지도 모른다. 그러나 화는 나지 않았고 대신 어떤 상황에서도 기쁘다는 감정을 느껴본 적이 없다.

"봐라."

옷을 하나씩 꺼내 들고 색상과 디자인을 감상하며 내게 말했다. 아버지는 새벽 시장에 가서 옷을 커다란 봉지에 한가득 사 왔다. 치마도 사고 블라우스도 사고 원피스도 샀다. 유행하는 패션이라든가 잘 팔리는 스타일에 관해 시장조사는 하지 않았다.

아버지는 48년을 살아온 자기 감각을 자신하는 것처럼 보였는데 때로는 자신감이 일을 망치는 경우가 있다는 것을 나는 알게 되었다. 겸손해야 자만하지 않고 열심히 공부하고 연구할 텐데. 하지만 그럴듯하게 옷 가게를 운영하는 정성은 인정했다.

아버지의 감탄사와 현란한 꽃무늬에 나는 눈이 팽글팽글 돌았다.

"어떠냐?"

"뭐가요?"

아버지가 나를 물끄러미 바라봤는데 뭔가 섭섭한 표정이었다.

"너는 애가 왜 그러냐?"

"왜요?"

"느끼는 점이 없느냐?"

나를 나무라는 듯했다. 호들갑을 떨면서 예쁘다거나 역시 아버지의 안목은 뛰어나다고 말해야 할 것 같았지만, 그런 말은 절대 목구멍에서 나오지 않았다.

"네."

나로서는 최선의 대답이었다. 느끼는 점을 이상하다거나 웃긴다고 말할 수는 없었다.

"너는 생각이 없느냐?"

매일 듣는 말이다. 그런데 왜 자꾸 물어보는지는 모르겠다. 나는 잠깐 뜸을 들이고 대답했다.

"네."

아무 생각이 없으니 물어보지 말라는 투로. 거짓말을 유도하는 대화는 불편하므로 이쯤에서 나를 희생해야 했다.

"형편이 좋았다면 나는 미술을 했을 거다."

어쩔 수 없이 꿈을 포기해야 했던 순간을 떠올리는 듯했다. 아버지는 한때 화가를 꿈꿨다고 한다. 그린 그림을 보지 못했으니 뭐라 말할 수는 없지만, 내 그림 솜씨로 미루어 짐작해보면 화가는 무리라고 생각한다. 가게의 옷들은 또 어떻고. 미술이 아니라 마술이라면 몰라도.

구매한 옷들은 형형색색의 마술 도구를 모아놓은 것처럼 보였다. 입에서 줄줄이 나오는 천 같았다. 꽃무늬 사이로 느닷없이 비둘기가 나타나고 토끼가 튀어나오는 상상을 하게 했다. 옷에는 반드시 포인트가 있어야 한다는 것이 아버지의 생각이어서 가게의 옷들은 모두 색이 튀거나 화려했다. 평범한 옷은 없었다. 어느 옷에나 꽃무늬는 꼭 있었는데 모양도 색도 가지가지여서 멀리서 보면 그냥 꽃 가게였다. 살아있는 것보다 더 생생하게 살아있었다.

먹어분식 간판을 달고 있는 가게. LED로 사라진 백열전구 가게가 맞은편에 보이고 꼬부라진 길을 채운 반듯하지 않은 보도블록이 시멘트로 바뀌는 지점이었다. 해가 중천에 떠올라도 해가 들지 않는 가게에 피어있는 꽃들. 만발한 꽃을 배경으로 있는 아버지. 이제라도 아버지는 마술, 아니 미술을 하세요. 저는 힘을 기를게요. 나는 왠지 모를 쓸쓸한 기분으로 중얼거렸다.

"어디서든 잘 살아라."

언젠가 아버지가 말했다. 누군가와 이별을 한 듯 우울한 표정이었다.

'펄펄 나는 꾀꼬리는 암수 다정히 노니는데 외로울 사 이내 몸은 누구와 함께 돌아가리.'

나는 아버지를 보고 국어 시간에 배운 「황조가」를 떠올렸다. 아니 사실은 「황조가」를 배울 때 아버지가 떠오른 거였다. 고구려의 2대 임금 그러니까 그 유명한 주몽의 아들 유리왕이 지은 서정시다. 나뭇가지에 모여 앉은 다정한 꾀꼬리를 보고 자신의 외로운 처지를 한탄하며 지어 부른 노래라고 한다.

내 생각엔 유리왕이 끝까지 외로웠을 리가 없다. 저런 시를 지을 정도로 다정함을 부러워했다면 반드시 그 누군가를 만나 행복하지 않았을까. 그래서 나는 아버지를 위로하지 않았다.

아버지의 여자 친구를 본 적이 있는데 나는 품행 불량하게 행동했다. 고개를 건들거리며 인사하는 게 고작이었다. 예의 바르고 의젓하게 행동했으면 뭔가 달라졌을까. 나를 믿고서라도 참고 인내하며 언젠가 좋은 시절이 있겠지, 기대하면서 아주머니는 아버지 곁에 있었을지도 모른다. 그런데 나는 안타깝게도 몸이 오글거리고 부끄러워 다정하게 대할 수 없었다. 지금은 후회해도 소용없다.

"나의 어머니는 내 이름을 창공이로 해야 한다면서 끝까지 싸우고 이기고 그래 놓고 집을 나갔어. 어디로 갔는지 아니까 아버지와 나는 찾지 않는 거야. 그런데 말야. 센 척하지만, 아버지가 많이 외로운가 봐."

"너 잠꼬대하냐?"

유성이 아직 잠이 묻은 목소리로 물었다.

"혼자 살 거라고 말하면서도 아버지는 사랑을 원해. 열심히 노력해서 누군가를 만났는데 헤어졌어."

내 말에 녀석이 조용해졌다.

"중력을 무시할 수 있는 탈출 속도 초속 11.2킬로미터. 보내주라. 안드로메다나 켄타우로스도 괜찮아."

"정말 던져줄까? 우리로부터 엄청나게 빠른 속도로 멀어지고 있다는 퀘이사로 보내줄까? 대기가 있다는 타이탄으로 보내줄까. 아니면 엄청난 중력으로 어떤 물체든, 빛까지도 흡수하는 블랙홀은 어때?"

녀석은 내 의향이 정말 궁금한 것 같았는데 약간 들뜬 목소리는 신이 난 것 같았다.

"태양계의 탈출속도도 계산할 수 있다는데 더 멀리는 어떠냐?"

"보내고 싶은 곳으로 얼마든지 보내봐라. 로켓 타고 지구를 잠깐 떠나보자."

나는 의기양양하게 대답했다. 태양계든 그 너머든 가려면 천문학적인 비용이 든다는 걸 알고 있었다. 경고가 쌓여도 녀석이 나를 태양계 밖으로 던지는 일은 없을 것이다.

"그런데 노력하는 아버지가 나는 고맙다."

"왜지?"

"많이 아픈 사람은 노력이란 걸 하기가 쉽지 않거든."

"너 기분 안 좋냐?"

"그러니까 새끼야, 내가 노력 중이라는 거야. 많이 아픈데도."

"은하계 위성 중에는 깨져서 박살이 났다가 다시 형성된 것이 많아. 죽음 속에서 불사조처럼 부활한 거지."

"불사조?"

"태어나고 죽고를 반복해. 마치 서쪽으로 사라진 태양이 내일 또다시 동쪽에서 떠오르듯이."

녀석의 대꾸에 오늘은 내가 감동을 먹었다. 태양은 다시 떠오른다. 그뿐만 아니라 녀석은 이렇게 덧붙였다.

"창공아 노력해줘서 고맙다. 감동은 별로지만."

두 번째로 경고를 받지 않았다. 모닝콜을 하면서 오히려 내가 위로받는 느낌이다.

아버지는 불사조를 알고 있을까. 올봄부터 수리점을 그만두고 옷 가게를 시작했다. 아버지는 그즈음 많이 힘들었다. 큰 마트가 생기면서 형광등이나 빗자루 말고는 팔리는 물건이 아예 없었다. 열쇠를 수리하거나 하수구를 뚫어주고 철 수세미 같은 걸 파는 정도여서 생계를 유지할 만큼은 아니었다. 의뢰가 들어오는 일도 공사장에 물건을 대주는 일도 전혀 없었다. 수리점에 있던 것들을 고물상에 넘기고 돌아오는 길, 발걸음이 너무 무거워 아버지는 삶을 비관하면서 이상한 상상까지 했다고 한다. 그러나 행동에 옮길 생각은 절대 없었고 그저 벼랑 끝에서 삶을 버린 누군가의 마음을 짐작은 할 수 있었다고 했다.

"사람은 자신의 목숨을 죽일 수는 있어도 살릴 수는 없다. 그래서 신중해야 한다."

어울리지 않게 가끔 철학적일 때가 있다. 아버지는 되도록 가능성이 있는 걸 놔둬야 한다고 했다. 그래야 살아가면서 힘들 때 위로가 된다고. 무슨 말인지 이해하는 데 시간이 걸리기는 했으나 충분히 알 만한 얘기였다. 어쨌든 끝까지 살아야 한다는 말이었으니까.

"공주 같았다."

아버지가 허공을 바라봤다. 아내였던 공주와 나를 떠올리며 고개를 젓는 그 순간, 운명처럼 어떤 여인을 보게 되었는데 열심히 살아야겠다는 생각이 들었다고 한다. 에스라인 몸매도 아니고 매력적인 얼굴이 아닌데도 시선이 간 건 그 여인이 입고 있던 옷 때문이었다고 강조했다. 분명 옷이었다고. 삶의 희망이 보이고 열정이 있던 그때를 기억나게 하는 생명력을 지닌 꽃.

"꽃무늬 원피스?"

나도 모르게 감탄사 같은 소리가 나왔다. 어이가 없었지만 한편으로는 다행이라는 생각이 들었다. 절망 속에서도 별안간 희망을 보는 아버지. 불사조를 아는 사랑스러운 남자다.

곰과 토끼

재래시장에서 버스를 타고 두 구역을 가면 다른 세상이 펼쳐진다. 테크노타운과 더샵 센트럴파크 그리고 스마트스퀘어 건물이 공룡처럼 서 있다. 순간 이동을 한 것처럼 처음엔 어리둥절하지만 곧 익숙해진다. 어리둥절할 때마다 내게 이렇게 말하는 것이다. 티라노사우루스보다 몸집은 작지만, 이빨 수가 많아서 지지 않는 알베르토사우루스가 있다고. 힘이 월등하게 세지는 않지만 제 몸보다 훨씬 큰 공룡을 사냥하는 기가노토사우루스도 있다고. 오늘도 중얼거리며 정류장에서 버스들의 노선표를 바라보다 시장 골목으로 들어갔다.

상권 개발 차원에서 미화 작업을 한 시장은 주택가로 이어지는 골목 입구마다 화단을 만들어 갖가지 들꽃과 어린나무를 심었다. 뭐야의 환경에 비하면 여긴 궁궐이었다. 햇빛과 바람 그리고 토양이 모두 좋아 보였다.

주머니에 손을 찔러 넣고 있는데 개미슈퍼에서 나오는 유성이 보인다. 삑삑. 나와 눈이 마주치자 녀석이 내게 다가왔다. 나도 모르게 배에 힘이 들어갔다. 혹시 녀석의 팔다리가 내게로 향하는지 눈을 부릅뜨고 살폈다. 오늘 아침의 모닝콜 때문이었다.

"내가 아는 뭐야가 있어. 환경이 심각하게 안 좋아. 물도 없고 햇빛도 부족해. 그래도 꿋꿋하게 살더라. 회색 시멘트 틈 사이 손바닥만 한 흙에 뿌리를 내리고 있는데 울컥했다."

"너 참 가지가지 한다. 속이 안 좋냐?"

"상처가 깊어 보였는데 그래도 힘이 세더라. 비집고 올라오는 힘에 뿌리내린 시멘트 콘크리트가 부서져 있었어."

"모닝콜을 좀 더 일찍 해야 하지 않겠냐? 나 지금 화장실이다. 끊어라."

"냉정한 놈. 나 같으면 똥 누다가도 감동하겠다야."

"경고."

"넌 역시 삐딱하다."

말하고 나서 나는 얼른 전화를 끊었다.

녀석이 팔다리는 가만히 두고 호루라기를 공중으로 올렸다가 낚아채듯 받으며 바라본다. 1970년대와 크게 다를 것이 없는 시장 뒷골목에서 나는 잠시 움찔했다.

"너 토끼와 곰 얘기 알아?"

유성이 물었다.

"뭐?"

곰과 토끼라니. 우주가 아니라 오늘은 천진하게 동화 이야기라도 하려는 걸까. 녀석에게 오늘 힘든 일이 있었는지도 모른다. 사람이 힘들면 어린 시절 동화를 추억하기도 하니까.

"어느 날 곰과 토끼가 함께 똥을 누고 있었대."

유성이가 이야기를 시작했다. 아침부터 똥의 연속이다.

"더럽게."

"곰이 토끼에게 이렇게 물었어. 너, 똥 누다가 똥 묻는 걸 어떻게 생각해?"

느닷없는 얘기에 인상을 찡그렸다. 그런 나의 표정에도 아랑곳하지 않고 녀석은 이야기를 계속했다.

"토끼가 대수롭지 않다는 듯 대답했어. 괜찮다고."

나는 고개를 끄덕이며 중얼거렸다.

"뭐 어쩔 수 없지."

"그러자 곰이 어떻게 했는지 알아?"

대뜸 유성이 물었다. 걸음도 멈추고 나를 바라봤다. 정말 중요한 질문이라는 듯이.

"곰이? 글쎄."

"곰이 토끼를 번쩍 들어 자기 똥구멍을 닦았단다."

녀석은 뜸도 들이지 않고 말하더니 이내 씁쓸한 미소를 지었다. 나는 낄낄거리지 않았다. 반전이긴 했지만 재미있는 얘기는 아니었다.

"에이씨, 그게 뭐야."

동화라고 하기에는 저질이었다. 그런데 녀석의 옆모습은 오늘도 예술이다. 똥 얘기를 하면서도 멋있을 수 있다는 사실을 부정하고 싶었다.

"괜찮다고 했으니 참았겠지만, 토끼가 아주 힘들었겠지?"

녀석이 또 묻는다. 웃음이 나올 법한 이야기인데 녀석도 나도 웃지 않았다.

"그랬겠지."

녀석의 말에 동의하는 나도 토끼의 표정이 되었을지 모를 일이다.

"토끼는 똥이 묻은 채로 가만히 있었어. 화가 나."

녀석은 슬픈 표정으로 고개를 숙였다.

"왜?"

"토끼가 참을 수 있었던 자신을 대견하게 생각했을까 봐."

"뭐가 그렇게 복잡하냐? 그게 왜?"

"씨발, 평생을 그러고 살 테니까."

녀석은 심각했다.

"너, 근데 어디서 똥 묻힌 적 있냐?"

대답하지 않고 녀석이 나를 쳐다봤다. 질문이 마음에 들지 않은 것 같았다. 참을성이 있으면 세상을 살아가는 데 도움이 되지 않을까. 그런 의문이 들었지만 말로 꺼내지는 않았다. 나를 일차원적이라 생각할지도 몰랐다. 하긴 견딜 수 있어 다행이라고, 또다시 그런 어려움이 닥쳐도 참을 수 있을 거라고 긍정적으로 생각했다면 불쌍한 토끼라 하지 않을 수 없다.

유성이는 토끼일까? 나는 곰일까? 토끼일까? 생각할 것도 없다. 파렴치한 곰도, 갑자기 휴지가 되어버린 토끼도 아니다. 무엇보다 누구와 같이 볼일을 보지는 않을 테니까. 녀석은 감정이입 중이다. 참고 견디는 토끼가 된 것처럼 매우 심각하다.

"너, 토끼전 알지?"

내가 물었다.

"토끼전?"

"용왕 앞에서 한 명대사 기억나냐? 나는 간이 없나이다. 그렇게 똑똑한 토끼도 있다."

유성은 시무룩하다. 여전히 똥 묻은 토끼만 생각하고 있는 것 같았다.

"너, 변비다. 화장실 좀 다녀와라."

"뭐?"

"아침에 덜 쌌냐? 시원하게 싸고 와라. 절에서는 화장실을 해우소라고 한단다. 근심을 해결하는 곳이라는 뜻이래."

모처럼 아는 척했더니 어깨가 으쓱했다, 이럴 때를 대비해서라도 수업에 충실해야겠다. 내 말에 대꾸도 없이 녀석은 근심 가득한 얼굴이다.

"세상은 그런 거야."

"뭐가?"

"무턱대고 괜찮다고 하면 안 돼. 정말 괜찮은 건지 따져봐야지."

유성이 말하고는 호루라기를 불었다. 삑삑.

"가만히 있으라고 해서 가만히 있으면 안 된다는 거야. 개 같은 말일 수도 있으니까."

나는 녀석의 말을 듣고만 있었다. 그날의 기억이 떠올랐다. 배를 타고 여행 가던 친구들은 반복되는 그 말을 믿고 있었을 테니까.

"하늘이 왜 파란 줄 알아? 바다의 푸르름을 대기가 비추는 거야. 그래서 우주의 어둠 속에서 지구는 푸르게 빛나고 있어. 잘 지켜야 하니까 개 같은 말은 하지 말아야 해."

삑삑.

"불을래?"

내게 녀석이 호루라기를 내밀었다. 우리의 발을 내려다보면서 나는 호루라기를 불었다. 둘 다 운동화가 낡아 있었다. 삑삑. 유성이 손을 들고 기준, 하고 외치면 친구들은 양팔을 벌려 멀어졌다. 삑삑. 유성을 기준으로 친구들이 다시 모였다. 녀석의 기억을 우리는 함께 나누고 있었다.

유성과 헤어져 개미슈퍼로 향했다. 아파트를 끼고 있는 쾌적한 시립도서관에 진열된 『개미』라는 책의 표지와 인상 좋은 작가의 얼굴 사진을 보고 가게 이름을 지었다고 들었다. 아파트의 그늘이 살짝 비껴있어 간판의 슈퍼라는 글자가 밝았다. 옆집 사는 할머니가 슈퍼 진열대를 천천히 돌아다니며 필요한 것을 주섬주섬 챙기고 있다.

할머니는 할아버지와 단둘이 사는데 매일 동네를 산책했다. 언젠가 본 할아버지는 공교롭게도 눈병이 양쪽 눈으로 옮은 모양인지 두 눈에 안대를 하고 있었다. 할아버지는 할머니의 팔을 꼭 부여잡고 있었고 할머니는 할아버지에게 내준 팔은 가만두고 반대편 팔을 열심히 흔들며 걸었다.

이상한 점이 있었다. 할머니는 있지도 않은 나무가 있다고 하고 돌부리가 있다고 주의를 시켰다. 할아버지는 할머니의 팔에 몸을 의지한 채로 머리를 깊숙이 숙이거나 다리를 들어 올려 폭을 넓혀 걸었다. 그 모습에 할머니는 소리 없이 입을 벌리고 웃었다. 입술에 세로로 난 주름이 마구 씰룩거렸다. 불쌍한 할아버지.

"치킨 타월 하나 줘. 빨아서 쓰는 치킨 타월로 줘."

할머니가 말했다. 개미슈퍼 아저씨는 안으로 들어가더니 키친 타월을 갖고 나왔다. 할머니는 덥석 받아 옆구리에 끼고 돈을 냈다. 똑바른 말이 아닌데도 아저씨는 잘 알아들었다. 경험인지 눈치가 빠른 건지 나이가 들면 저절로 생기는 능력일지도 몰랐다. 할머니는 아저씨에게 받은 거스름돈을 동전까지 꼼꼼하게 센 후 지갑에 넣었다. 셈이 철저했다. 할머니도 언젠가 수학을 사랑한 게 분명했다.

학교 앞 사거리에 '오직 수학을 사랑하는 미남 미녀'라는 학원이 있다. 그러나 친구들의 해석은 달랐다. 미남 미녀는 보이지 않는다고 했다. 오직 수학만 사랑하는 미친 사람들. 그러니까 수학을 사랑하고 게다가 수학에 미치기까지 한 거라고 말했다.

수학을 너무 사랑해서 미칠 수도 있고 미칠 정도로 수학을 사랑할 수도 있겠지. 결국, 미치지 않고서는 사랑할 수 없다. 평소 나의 생각인데 고집을 부릴 생각은 없다.

오수사미에 학원생은 적지 않다. 수학에 한번 미쳐볼 만하다고 생각하는 학부모들이 많은 까닭인지 반 아이들 상당수가 다니고 있었다. 나는 이제 곱셈공식을 하는데 학원에 다니는 아이들은 피타고라스의 정리까지 끝냈고 어떤 친구는 원주각의 크기와 호의 길이까지 풀 수 있었다. 그래서 뭐 하게? 나는 주눅 들지 않고 오히려 비웃었다. 그러나 누군가에게 물어보고 싶었다. 수학에 미치면 어려운 삶이 조금은 쉬워질까요? 걱정 없이 잘 살 수 있게 될까요? 만약 그렇다면 나도 미쳐볼 생각이다.

"할아버지 괜찮으시죠?"

슈퍼 아저씨가 할머니에게 물었다.

"응. 괜찮아."

"저녁 찬거리는 준비하셨어요?"

"맨날 먹는 거, 대충 먹지 뭐."

"콩나물 지금 막 들어왔는데."

아저씨가 두꺼운 손가락으로 콩나물시루를 가리켰다.

"쫌 줘."

할머니는 지갑 여는 게 번거로웠는지 가방을 뒤졌다. 바닥에 뒹굴던 동전을 잡았다.

"자 1,200원. 2,000원어치 주면 되겠네."

손바닥 위의 동전을 내보이며 애교 섞인 목소리로 웃었다. 할머니는 흥정도 잘한다. 아저씨와 할머니의 대화가 이어지는 동안 나는 인내심을 갖고 기다렸다. 아저씨는 조그마한 비닐에 콩나물을 수북이 넣어 건네주며 슈퍼 밖까지 할머니를 배웅한다. 그런 아저씨의 꽁무니를 바라보다 나도 밖으로 나왔다.

"뭐, 줘?"

아저씨는 그제야 나의 존재를 깨달은 모양이었다. 덥수룩한 머리를 긁적이다 바지 앞 지퍼를 긁어댔다. 아저씨들은 이상한 습관이 있다. 속옷 안의 뭔가를 가끔 이쪽저쪽으로 손을 써 밀기도 했는데 오늘은 왼쪽이었다. 보기 안 좋은 걸 배울까 걱정이다. 습관은 운명을 바꿀 만큼 무섭다는데.

"아니요."

개미슈퍼에 호루라기를 파는지 살펴보고 싶지만 그만두었다. 아저씨는 가게 안으로 들어가면서도 계속 긁적인다. 얼마나 보기 싫은지 말해주고 싶지만 피곤했다.

개미슈퍼에서 가전제품 대리점과 치킨집을 지나면 옷 가게다.

오늘은 코스모스가 한창이다. 가게 안에는 아버지와 근처에서 일하는 아저씨들이 있었다. 말소리와 웃음소리로 골목이 시끄러웠다. 가을을 맞이하여 아버지는 거금을 들여 얼굴과 팔다리가 다 있는 마네킹을 두 개 구입했다.

한복집에서나 볼법한 고전적인 여자의 모습이었다. 초승달 눈썹과 도톰한 입술이 예쁘긴 했지만, 쪽을 진 머리는 꽃무늬 원피스와 어울리지 않았다. 어떤 옷을 입어도 남의 옷을 얻어 입은 것처럼 어울리지 않고 옷이 예뻐 보이지 않았다. 구매욕을 일으키기엔 무리였다. 아무리 복고가 유행이라지만 어째 오래돼도 너무 오래된 옷 같았다.

"이거 입혀봐."

"아니, 저거 입혀보라니까."

줄무늬 옷을 입은 아저씨가 말하자 땡땡이 옷을 입은 아저씨가 나섰다. 저마다 자신 있게 한마디씩 했다. 자신의 패션 감각이 뒤떨어진다고 생각하는 아저씨는 아무도 없었다. 가게에는 팔기 위한 옷이 아니라 생명력이 느껴지는 꽃무늬에 끌려 사들인 옷으로 가득했다.

아버지의 친구분들은 처음에 가게를 둘러보고는 돌아가며 혀를 찼다. 부동산 아저씨, 문구점 아저씨, 치킨집 아저씨 모두 입을 모았다.

"자네 또라이 다 됐네."

아버지는 반박하지 않고 가만히 듣고 있었는데 기분이 좋아 보이지 않았다. 아저씨들은 이게 뭐야, 하면서도 가끔은 일부러 들러 꽃무늬 옷을 들추고 뒤집어보며 음흉을 떨었다. 한번은 잡아당기는 대로 옷이 흘러내려 옷걸이에 매달려 있었는데 그걸 보고도 웃었다.

"나가! 가서 일들이나 해!"

급기야 아버지가 버럭 화를 냈다. 아주 불쾌한 표정으로 아저씨들을 밖으로 내몰았다. 밖으로 쫓겨나면서도 아저씨들은 능글맞게 웃었다. 표정이 좀 징그러웠다. 나는 나이가 들어도 멋진 아저씨가 되어야 할 텐데.

"배우고 싶지 않은 것들이 점점 많아져."

유성에게 말했다.

"우주복 같은 걸 개발할 거야."

녀석이 대꾸했다.

"우주복?"

"지구에서의 환경과 같아. 우주복 안은 사람이 호흡하고 활동하고 통신도 할 수 있게 되어있어. 산소를 공급하고 이산화탄소는 제거해. 건강 상태도 자동으로 체크하고 말야."

유성의 눈이 반짝거렸다.

"건강 상태를 점검하듯이 습관도 검사하는 거지. 예의가 없거나 남에게 피해를 준다면 제거하는 거야. 쓱."

녀석은 손목에 스냅을 주어 목을 그었다.

"헉, 사람을?"

"아니 나쁜 습관을."

정말 그런 우주복이 개발되어 사람들이 지구에서 옷으로 입고 다니면 어떨까. 상상하니 왠지 마음이 불편했다.

"언젠가 산소마스크나 보호복 없이 우주여행을 가게 될지도 몰라. 하지만 지구에 돌아올 때는 우주복을 입어야겠지? 아니 지구복. 온도와 압력을 유지하는 기능으로 예의도 유지하게 말이야."

유성이도 나와 같은 생각을 하고 있었나 보다.

베누에 보낸 탐사선

어젯밤 유성이와 함께 하늘을 바라보았다. 인공위성인가 싶을 만큼 큰 별 하나가 유독 반짝이는 고요한 밤이었다. 인공위성은 태양을 반사하는 별처럼 빛나기 때문에 사람이 만든 별이라고도 한다. 날씨를 알려주는 기상위성도 있고 위성 중계방송을 하는 통신위성도 있고 위치를 알려주는 항행위성과 우주를 관측하는 천문위성이 있다고 녀석이 설명한 적이 있다. 저 별은 무슨 역할을 하는 별인지 궁금해서 나는 계속 바라봤다.

"창공아, 우리를 위험하게 하는 건 뭘까?"

녀석이 내게 묻는다.

"정면으로 돌진해와서 우리를 힘들게 하는 것들 말이야."

나는 아무 말도 하지 못했다.

"무엇인지 알면 우리도 대비할 수 있을까?"

막힌 콧구멍에서 콧물이 흘렀다. 딱 코감기 증세였다.

"지구와 충돌할 가능성이 있는 소행성 베누에 탐사선을 보냈어. 오시리스 렉스라는 탐사선인데 베누에 도착하면 그 성분을 채취해서 지구로 귀환할 거야. 베누의 특성을 면밀히 조사하기 위한 거지. 지구에 일어날지도 모르는 최악의 상황에 대비하려고 말야."

말 없는 나에게 유성이 달을 가리키며 말을 이었다.

"창공아, 나는 달을 보면 네 생각이 나."

"왜?"

"아폴로 11호가 달에 착륙했을 때 바닥에서 때앵땡 맑은 종소리가 났대. 관제탑에 있는 사람들에게도 들렸는데 다들 놀랐어. 달에는 공기가 없어서 소리가 날 수가 없었거든."

"그런데 나는 왜?"

"그 후 달의 공동설을 의심하고 있어. 속이 비어있는 달."

"뭐야? 내 속이 비었다는 뜻이야?"

유성이 조금 미안한 듯 나를 바라봤다.

"아니, 머리가. 그건 아니고 순수하다는 말이다. 저 자리에 달이 아니라 다른 행성이 있었다면 어땠을까?"

"글쎄."

"손잡이 달린 토성이거나 삐딱한 천왕성이었다면 더 아름다웠을 테지만 달만큼 맑고 순수하게 보이지는 않았을 거야. 그리고 달은 지구에 과분할 정도로 좋은 영향을 주고 있어."

"네 말 좀 어려워. 아무튼, 좋다는 말이지?"

"그래. 그 말이야."

어젯밤 유성의 말을 들으며 바라본 달 속에 해조의 모습이 보였다. 달을 보면 내가 생각난다는 유성처럼 나는 해조가 생각나는 거였다.

학교와 반대 방향으로 걷다가 등교하는 아이들과 마주쳤다. 벽에 코를 박고 있던 녀석도 보이고 오이처럼 얼굴이 길쭉한 하급생도 보았지만 모르는 척했다. 눈물이 글썽이던 그 눈은 무엇을 말하려던 거였을까. 해조의 말에는 어떤 사연이 있는 것만 같았다.

해조의 집 파란 대문 주변을 일곱 바퀴 돌았다. 비탈길도 여러 차례 오르락내리락하다 담에 매달려보았는데 뛰어넘을 수도 있을 것 같았다. 나는 바닥에서 튀어 오르며 제자리뛰기만 반복했다. 그런데 해조는 보이지 않는다. 아직도 자고 있다면 지각인데.

나는 용기를 내서 초인종을 눌렀다. 강아지가 거세게 짖어댔다. 몸집을 보지 않았다면 커다란 놈으로 알 만한 서슬이다. 목줄이 당겨질 때마다 녀석의 목소리에서 쇳소리가 났다. 집을 지키고 있는 녀석이 대견했다. 이렇게 요란한데도 어째 집은 조용하기만 하다. 해조는 학교에 간 걸까?

지금 몇 시지? 별안간 정신이 들었을 땐 등교 시간이 5분 남아있었다. 교회의 시계탑을 바라보고 달리기 시작했다. 지난봄 내내 정지해있던 시계가 여름 폭염 이후로 움직이기 시작했다. 무더위를 극복한 시계의 건전지를 누군가 갈아준 모양이었다. 그런데 유독 빨리 지나가는 시간대가 있는 게 확실하다. 수업시간의 5분은 죽어라고 안 간다. 등교하는 아이들이 없는 걸 보니 교문이 닫혔는지도 모르겠다.

학교까지 200미터 남짓 남았다. 땀나게 뛰었지만 지각이었다. 교문은 닫혔는데 다행히 쪽문이 열려있었고 지키고 서 있다가 머리에 주먹을 박는 선생님도 없었다. 지각했다는 이유로 나는 오늘도 복도 신세다. 교실에 들어가지 못하고 30분을 손 들고 서 있는 건 일상적인 일이라 대수로울 것이 없다. 자주 경험하다 보면 불편함이 없어지기도 하니까.

오늘 무슨 수행평가가 있을 거라고 들은 것 같다. 그리고 학부모 참관수업이 있다고 한 것도 같다. 그러나 나와는 상관없는 일이다. 아버지는 학교에 참관수업이 있는 걸 모른다. 학부모 모임은 물론이고 시험 감독이나 급식 활동이 있는 것도 모른다. 알면 걱정만 할 것 같아 말하지 않았다.

　허공으로 껑충껑충 뛰어올랐다. 키가 큰 몇 명의 학부모들 얼굴만 보였다 사라졌다. 해조가 등교한 것인지 궁금했다. 내가 오늘은 제자리뛰기를 하는 날인가 보다. 창문 너머로 아이들은 보이지 않고 선생님의 더벅머리 윗부분만 보인다.

　몇 번을 쳐다보고 마주쳐도 해조는 내게 눈길도 주지 않았다. 나는 일부러 해조의 짝이 된 정식에게 장난을 걸었다. 늘 책을 끼고 다니는 녀석이었다. 나는 밥맛이 떨어졌지만 여자아이들은 달랐다. 녀석을 존중하는 눈치였고 심지어 감명 깊게 읽은 책을 추천해달라고 했다. 생활기록부에 올리는 독서록에 대해서도 물었다. 평소 마음에 들지 않아 친해질 생각은 없지만 나는 정식이의 머리통을 붙들었다.

　내가 휘두르는 대로 잠시 녀석의 머리통이 흔들리는가 싶더니 그만하라는 식으로 내 허리를 감싸고 힘을 주었다. 제아무리 책을 많이 읽어서 유식하다 하더라도 힘으로 제압하는 건 어쩔 수 없을 것이다.

머리 쓰는 일이 아닌 힘을 쓰는 일은 못하겠지 생각했는데 녀석, 떼어내는 힘이 제법이다. 그래도 풀어줄 기미를 보이지 않았더니 자존심이 상했나 보다. 팔을 바짝 꺾어 내 옆구리를 조여왔다. 그런데 뼈대 얇고 살집이 없는 녀석이라 느낌이 이상했다. 이런 느낌은 원한 적도 없고 절대 원하지 않는다. 나는 정식이의 몸을 부둥켜안은 채 해조 자리로 쓰러졌다. 해조의 머리카락이 내 얼굴에 닿을 정도로 가까웠다.

해조에게 다가가 너네 집 앞에서 여태 너를 기다리다 지각했다고 말하려다 그만두었다. 해조는 심드렁하게 내 겨드랑이 밑에 깔린 자신의 물건만 챙길 뿐, 고개도 들지 않았다. 책이 쑥 빠져나가고 필통이 뽑혀 나갔다. 그때 수업 시간을 알리는 종이 뎅뎅 울려 나는 제자리로 돌아와야만 했다. 겨우 풀려난 정식이의 거친 숨소리가 등 뒤에서 씩씩거린다.

"창피해."

송이의 목소리가 들렸다. 나 때문이든 정식이 때문이든 송이가 왜 창피한 걸까? 잘 모르겠다.

1교시부터 명상하기 좋은 수학 시간이었다. 심오한 학문인 만큼 가르치는 선생님도 심오해서 좀체 속을 모르겠다. 선생님은 자는 학생을 절대 깨우지 않았다. 떠들지만 않으면 된다는 식이 있는데 혼을 내거나 차라리 때리는 선생님보다 더 무섭게 느껴졌다. 들을 사람은 듣고 그렇지 않은 사람은 안 들어도 좋다. 정말 이런 생각일까? 그러나 수업하는 선생님 앞에서 다른 친구들처럼 대놓고 엎어져 잘 수는 없었다. 왠지 마음이 편안하지 않았다.

선생님은 무릎이 튀어나온 정장 바지를 입고 있었는데 색깔 있는 셔츠보다 그게 늘 눈에 띄었다. 게다가 늘어난 바지를 허리 위로 한껏 올려 입은 탓에 엉덩이의 윤곽이 적나라하게 드러났다. 똥꼬에 낀 바지를 입고 근엄한 목소리로 수업을 계속했다. 재미있게 수업하면 좋으련만. 흥미가 있어야 집중할 텐데. 선생님이라고 언제나 현명한 건 아닌가 보다.

오직 수학을 사랑하는 미남미녀. 오수사미 학원이 끝나는 밤 10시가 되면 건물에서 좀비들처럼 학생들이 우르르 몰려나왔다. 다리가 몸을 끌고 다니는 것으로 보였는데 너무 머리를 굴리다 나온 탓인지 모두 졸리고 허기진 몰골이었다.

아이들 말대로 수학을 사랑하다 수학에 미친 사람들이 더 어울렸다. 살기도 바쁜 세상에 미칠 게 따로 있지. 따지고 보면 잘 살기 위해서 공부를 하는 건데. 잘 살기도 전에 미쳐버리면 억울할 것 같았다. 처음부터 수학에 무관심한 건 아니었다. 재미를 붙이려는 참에 인수분해가 나오고 방정식이 등장하면서 내게 수학은 이해 불가한 과목이 되어버렸다. 학문도 즐길 수 있어야 의미가 있으니까.

칠판 위에 벌레가 꼬물거리고 있다. 무슨 말인지 알 수 없는 수식이 칠판 가득 기어 다녔다. 선생님의 물 분필이 이상한 벌레를 낳고 또 낳았다. 벌레의 탄생에 주문이라도 걸듯 선생님은 중얼거리며 쉬지 않고 썼다.

$$(a+b)^2 = (a-b)^2 + 4ab$$

곱셈공식의 활용에 들어갔다. 곱셈공식을 겨우 이해했는데 뭘 활용까지 해서 사람 힘들게 하는지 모르겠다. 재활용, 자원 활용이라면 모를까, 저런 활용은 어디에 써먹을 수 있나? 나는 머리 쓰기가 싫었다. 선생님의 검은 뿔테 안경 너머로 눈동자는 보이지 않았다. 네모난 렌즈가 고개를 움직일 때마다 다른 각도로 빛을 쏘며 내 눈을 찔렀다.

$$acx^2 + (ad+bc)x + bd = (ax+b)(cx+d)$$

인수분해 공식 중 하나다. 선생님은 칠판에 쓰기만 할 뿐 알아듣게끔 설명하지 않았다. 나는 그림을 보듯 감상만 했다. 선생님의 입언저리에 돋아난 수염을 바라보다 나도 내 턱을 쓰윽 만져보았다. 까슬까슬함이 느껴진다. 면도를 해야겠다고 생각하면서 나는 턱을 괴고 눈을 감았다. 졸리지는 않았다. 명상에 들어갔다.

점심을 먹고 난 5교시. 토론 시간 전에 일이 벌어졌다. 운동장에서 농구를 하다가 교실로 들어선 그때였다. 해조의 울먹이는 목소리가 들렸다.

"안아줘."

밥맛 떨어지는 정식이를 향해 말하고 있었다. 아무리 지적이네 뭐네 해도 내게는 그저 촐랑이일 뿐이다. 녀석은 무엇에 놀라기라도 한 건지 안구가 돌출된 눈 상태로 해조 앞에서 얼굴이 시뻘게져 서 있다. 책 속에서 수많은 것을 읽고 상상했을 테니 나와는 차원이 다를 것이다. 지금 저 녀석의 기분을 헤아릴 수 있을까. 무슨 생각을 하는지 저 머리통을 갈기고 싶었다. 번쩍 들어 올린 녀석의 한쪽 손엔 해조의 것으로 보이는 분홍 필통이 들려 있었다.

"아나 줘."

해조는 정식에게 수줍어하는 기색 없이 말했다. 화가 난 듯도 보였다.

상황 파악도 하기 전에 나는 몸을 날려 책상 위를 뛰어넘었다. 정식의 뺨을 주먹으로 쳤다. 사실 화가 난 이유는 따로 있었지만 표현할 방법이 없었다. 아이들이 입을 벌리고 나를 주목했다.

"아씨, 왜 그래요?"

"너, 뭐야!"

주먹을 녀석의 얼굴에 또 들이밀며 소리쳤다.

"지우개 빌리려고 했을 뿐인데. 왜요? 뭐!"

정식이 바닥에 궁둥이를 붙인 채 나를 쳐다봤다. 다른 때 같으면 겁먹을 상황인데 녀석, 오늘은 다른 생각을 하는 것 같다.

책 이야기를 하며 진지하던 모습은 온데간데없이 배시시 웃기까지 한다. 나는 기가 막혀 더는 팔을 휘두르지 못하고 그 자리에 굳어있었다. 해조는 정식과 나, 웅성웅성 모여들어 지켜보고 있던 친구들 누구에게도 눈길 한 번 주지 않았다. 자신이 한 말이 어떤 영향을 끼치는지 알지 못하는 것 같았다. 바닥에 떨어진 자신의 필통을 꼭 그러쥐고는 자리로 돌아갔다.

"창피해."

송이가 또다시 중얼거린다. 그 대상은 주먹질한 내가 아니라 맞고도 히죽거리는 정식일 거라고 생각한다. 정말이지 창피하다. 큰 소리로 말해주고 싶었다. 모두 돌아간 뒤에도 나와 정식이 녀석은 서로 눈싸움을 하며 노려보고 있었다.

"깔아."

수업 종이 울리기 전 눈치 빠른 녀석, 먼저 눈을 깔았다. 남자다운 구석이라고는 찾아볼 수 없는 정식. 녀석은 여자아이들과 숙제도 같이하고 함께 영화도 보러 갈 만큼 사교성이 뛰어나다. 책을 많이 읽는다더니 사람 심리에 관해 연구라도 하는 모양이다. 나의 감정은 질투가 아니라 그냥 녀석이 마음에 안 드는 거다. 해조는 정식에게 왜 그런 말을 했을까? 좀체 마음이 가라앉지 않았으나 호흡을 가다듬고 눈을 똑바로 떴다.

토론 시간은 일주일에 한 번씩 사고하는 습관을 위해 만든 수업인데 누군가 자기 의견을 발표하면 나는 반대 의견만을 생각했다. 그럴 땐 흥미가 생기기도 했다. 오늘은 우리 몸이 긴장하는 경우에 대해 발표하고 있다.

"무서울 때."

"놀랄 때."

"화가 날 때."

저마다 발표를 했다. 나는 지금 정식이 때문에 화가 나 있다. 그럼 긴장 상태인가? 수업에 집중하려 하면 할수록 눈이 무겁고 머리가 아팠다. 아이들의 발표에도 반대할 의견이 떠오르지 않고 나는 성질만 났다.

"유창공."

나의 표정이 심각했는지 선생님이 나를 불렀다.

"그 페이지를 읽어봐라."

하필. 나보고 읽으라고? 바보가 된 기분이다. 교실 밖으로 뛰어나가려다 참았다. 주목받는 것은 관심의 대상이 되는 것만큼 부담스러운 일이니까. 나는 선생님의 분부대로 읽기 시작했다.

우리 몸이 긴장하는 경우, 콩팥 위에 붙어있는 부신에서 아드레날린 호르몬을 분비한다. 아드레날린은 간에 저장된 글리코겐을 포도당으로 변화시키고 심장박동과 혈액순환을 빠르게 하여 필요한 곳에 에너지원을 공급하도록 한다. 또 호흡작용을 촉진하여 몸의 세포에서 필요한 에너지를 낼 수 있도록 한다. 에너지가 있어야 팔다리가 움직인다.

나는 또박또박 읽었다.

"그만, 거기까지."

모르는 용어 때문에 무슨 말인지 모르겠지만 대충 알 수 있었다. 선생님은 나의 팔다리가 과격하게 움직일 때가 많다는 것을 알고 있던 것 같다. 나를 지목한 걸 보면. 그러니까 정식이를 향한 나의 주먹은 아드레날린 호르몬 때문이었다. 호르몬이라는 친구가 필요한 에너지를 낼 수 있도록 도와주기까지 한 것이다.

처음으로 공부하는 즐거움을 느낀다. 그러나 즐거움도 잠시 정식이 녀석을 생각하자 다시 아드레날린 호르몬이 분비된다. 심장박동이 빨라지고 몸의 세포에 에너지가 쌓이고 있다. 안 돼. 안 돼. 폭발할 것 같다.

제발 아드레날린아 멈추어다오.

언제 일러바쳤을까. 정식이 녀석 역시 민첩하다.

"똑바로 들어."

담임선생님의 호통이었다. 나는 교무실 캐비닛 앞에 붙어 두 손을 번쩍 올리고 있다. 몇 대 맞고 말 일인데. 체벌이 금지되면서 자존심 상하는 일은 묘하게도 많았다. 그나마 너그러운 선생님은 학생부에 반영되는 벌점은 부과하지 않았다. 특수한 목적을 가진 고등학교에 들어갈 마음도 상황도 아니지만, 그 아량만은 고맙게 받았다. 어찌 되었든 내 룰을 어긴 건 나다. 친구의 얼굴을 공격했으니까. 개그맨을 꿈꾸는 동호는 나의 관대함에 감동했는지 그날 일에 관해 선생님에게 말하지 않았다.

선생님의 책상 앞에는 해조의 어머니가 앉아있었다. 해조가 전학 온 날과 마찬가지로 화장이 진했다. 아버지가 봤다면 엄지를 들어 올릴 만큼 커다랗고 탐스러운 꽃무늬 원피스를 입고 있었는데 생명력이 느껴지는 붉은빛 때문에 나는 잠시 몽롱해졌다. 붉은 꽃송이는 앉은 모양새를 따라 생긴 구김살로 어딘가로 숨으려 움츠러든 것처럼 보였다.

혈관의 피가 겨드랑이에 고이는 기분이다. 서서히 팔이 저렸다. 오늘은 아침저녁으로 손을 들고 있다 보니 몸에 부담이 오는 것 같다. 그래도 복도보다는 교무실이 낫다. 선생님들의 관심 어린 눈길은 못마땅하지만 외롭지는 않으니까. 다른 반 선생님들은 안 보는 것처럼 하면서 해조 어머니에게 관심을 뒀다.

정식이에게 왜 그랬는지 선생님은 묻지 않았다. 그럴 만한 이유가 있다 하더라도 친구에게 주먹을 휘두르는 일은 있어서는 안 될 행동이라고 말씀하신다. 입 다물고 반성할 일인 거다. 한 시간 동안 교무실에서 손을 들고 있어야 한다. 이제 겨우 20여 분밖에 지나지 않았다.

"뭔 사고 쳤냐? 자식."

"더 높이."

몇몇 선생님들이 한마디씩 던지며 지나갔다. 선생님들의 눈길을 외면하면서 나는 시간을 죽이고 있다. 자존심 상하게 무안을 주고 윽박지른다고 반성하는 마음을 갖게 되는 건 아니다. 그러나 선생님들에게 일일이 설명하고 싶지는 않다. 어차피 나이가 들면 못 알아듣는 게 생기니까. 알아듣게 조리 있게 설명할수록 못 알아듣는 걸 보았다. 그건 마치 너의 말이 옳은 말이라 하더라도 넌 어리기 때문에 인정하지 않겠다는 태도였다.

억울해도 소용없다. 가뜩이나 듣기 싫은 말, 길게 듣지 않으려면 착한 눈빛을 유지해야 한다. 그게 쉽냐고? 물론 쉽지 않다. 그럼 어떻게 하는 거냐고 물어보면 대답은 간단하다. 두고 봐. 훗날을 기약하면 된다. 사람들은 내가 견딘 걸 똑같이 견디게 하고 싶은 심리를 하나씩 달고 있는 게 분명하니까. 선생님들도 어린 시절 안 좋은 교육을 받았을 것이다. 내가 만약 선생이 되면 어떤 교육자가 될까. 걸리기만 해. 가만 안 둘 거야! 맘만 먹었을 뿐인데 기분이 진정되고 있다.

국어 선생님이 보인다. 반가운 마음에 손을 흔들었다. 머리 위에서 손가락이 나불거렸다. 오늘은 펑퍼짐한 셔츠를 입으셨다. 국어 선생님은 가슴이 매우 큰 여자 선생님이다. 지루한 학문이라 집중하기는 어려웠지만, 국어 시간에 조는 법은 없었다. 수업 중에 커다란 나의 눈은 자동으로 뱁새눈이 되었고 그 이유로 약간의 죄책감을 느끼곤 했다. 국어 선생님은 가끔 교탁에서 혹은 아이들의 책상 위로 몸을 수그리면서 수업에 임하기 때문에 전적으로 내 잘못이라고는 할 수 없다. 마음 설레는 학생은 나말고도 여럿 있었다. 국어 선생님은 나불거리는 나의 손가락을 보지 못한 모양이었다.

해조의 어머니는 고개를 숙인 채 말이 없고 담임은 도덕 선생님다운 표정을 짓고 있다. 거리가 있어서 알아들을 수는 없었는데 스케치북을 펼쳐놓고 대화하는 것으로 봐서 해조가 그린 그림이 문제였나 보다. 선인장은 가시가 잎인데 해조의 그림에선 잎이 한 부분에만 달려있었다. 밑동에 가시 박힌 선인장. 신기한 생물체라도 그린 것인지 두 분 모두 심각했다.

관성의 법칙

재래시장의 랜드마크가 되어버린 고층아파트 옆에 플래카드가 걸렸다. 학원가가 있는 역세권 한복판에 세워질 주상복합 아크로타워의 소식이었다. 유성은 건물의 상상도를 보고는 23층 건물 높이의 팰컨 헤비 로켓이 떠오른다고 말했다. 그것은 새턴V 로켓 다음으로 막강했는데, 발사 추진력이 다른 발사체의 두 배이고 보잉 747의 18대 수준이라고 했다.

아크로도 막강했다. 거기엔 밤마다 우주를 여행하는 시설이 갖춰져 있는지도 모른다. 다른 곳의 두 배가 되는 분양가에도 견본주택에는 사람들이 넘쳤다. 그곳의 그림자는 역대급으로 길

것 같다. 재래시장 주민들은 일조권을 포기하고 시장의 랜드마크로서의 푸르지오를 환영했다. 나는 골목으로 뿌리내리듯 드러누운 아파트의 그림자를 밟으며 집으로 향했다.

햇볕이 들지 않는 옷 가게는 계절과 아무 상관이 없다. 유리창 너머로 안개꽃이 피고 장미꽃이 피고 난데없이 동백꽃마저 피어 있다. 색의 조화도 상관없이 앞다투어. 눈여겨보지 않아도 가게는 눈에 확 띄었다. 건강 주스 판매원인 아주머니가 와있었다. 테이블을 사이에 두고 아버지와 마주 앉아있다.

가게의 요란한 옷들과 디스플레이를 보고 답 없는 주인이라 생각할 수도 있을 텐데 아주머니는 아버지와 곧잘 대화를 나누었다. 하루 권장량 야채주스를 주문한 이후로 아주머니는 아버지를 매일매일 찾아왔다. 오늘은 무엇에 관한 내용인지 미소를 지은 채 이야기를 나누고 있다.

아버지가 자리에서 일어나 어떤 장면을 재현하듯 몸을 과장되게 움직였고 아주머니는 불룩한 가슴 위로 여러 차례 손을 가져가면서 웃었다. 급기야 아주머니가 손뼉까지 치며 웃자 허공에 들려있던 아버지의 두 팔이 아주 활동적으로 움직였다. 핑크빛에 반짝거리는 스팽글이 달린 티셔츠를 입은 아주머니는 아버지의 이런 취향을 좋아하는지도 모른다.

아버지의 유머 감각을 아는 나로서는 어이가 없을 수밖에. 그러나 환한 얼굴로 손짓을 해대는 아버지의 표정에 나도 덩달아 기분이 좋아졌다. 아주머니의 신속한 리액션에 손뼉을 쳐주고 싶다는 생각을 하는 순간, 가게를 함께 운영하며 때가 되면 붙어 앉아 식사하는 아버지와 아주머니의 모습이 떠올랐다.

보고 싶지 않은 장면들이 있는데 아버지가 혼자 앉아 밥을 먹는 모습이 그중 하나다. 언제나 허겁지겁 아귀아귀 먹었다. 혼자 먹는 밥이 그렇게 입맛이 나는 건 아닐 테고 시간에 쫓기거나 서둘러 먹으려는 거였다. 누군가와 함께라면 식사다운 식사를 할 수 있을 텐데. 먹는 모습이 슬프게 보이기도 한다는 걸 나는 언젠가 알게 되었다.

두 분의 웃음소리가 길가에 메아리쳤다. 혼자 졸고, 혼자 먹고, 혼자 일하는 아버지. 아주머니의 풍만한 품과 함께라면 어떨까. 나는 종종 누군가와 함께하는 아버지의 모습을 그린다. 꽃이 많아 그런가, 분위기가 로맨틱하다.

새벽녘에도 분위기가 이상했다. 아버지의 잠꼬대에 깼다. 이를 가는 소린가 했는데 중얼거림이었다. 베개를 살포시 안은 자세가 누군가를 안고 있거나 안겨있거나 둘 중 하나인 것 같았다. 꿈속 데이, 허그 데이. 목이 무척 말랐지만 아버지가 깨지 않도록 나는 일어나지 않았다. 아버지가 그 꿈에서 오래도록 머물기를 바라는 마음도 있었고, 나도 생각에 빠져있었다. 해조의 말을 머릿속에서 떨쳐버릴 수가 없었다.

새벽 그 엉뚱한 시간에 정신이 맑아졌다. 잠자리에 들기 전, 요즘 가슴이 들썩거리고 배도 살살 아프고 호흡이 불규칙해진다고 아버지에게 고백하려다 그만두었다. 어른들은 어지간히 복잡하므로 설불리 말했다간 큰일이 난다. 수많은 일을 겪으며 살다 어른이 되면 부분적으로 머리에 문제가 생기는 것 같다.

"괜찮냐?"

처음엔 부드러운 표정으로 이렇게 묻는다.

"고민 있냐?"

차츰 관심을 두기 시작한다. 그러다 그동안 마음에 들지 않았던 것들이 죄다 떠오르는 얼굴로 바라본다.

"생각 있냐?"

마침내 화를 내면서 묻기 시작한다. 모든 게 함축된 질문이다. 어른들의 어떤 물음에도 안심시킬 대답을 할 자신이 없다면 말하기를 그만두는 게 현명하다. 언제나 결론은 마찬가지니까.

"정신 있냐?"

진실을 털어놓는 순간 고구마가 목에 걸리듯 답답해진다.

"정신 차려."

어른들은 대화를 강조하면서도 그런 식이다.

"정신 똑바로 차려."

상처를 몇 번 받다 보면 알게 되는데 이미 오래되었다. 한창 크고 있을 때 받은 상처는 더욱 깊어 오래도록 흉터를 남긴다.

아침밥도 안 먹고 나왔다. 부스스 일어나 계속 꿈결인 듯한 아버지의 얼굴을 똑바로 바라보기가 힘들었다. 아침에 눈을 뜨면 자연스럽게 감동적인 말을 생각했다. 유일하게 나의 얘기를 할 수 있는 시간이기도 했다.

"야, 삐딱. 안아줘."

"야, 씨바 그게 감동적이야?"

"전혀?"

"전혀."

유성은 역시 삐딱했다.

"나 요즘 배가 살살 아프고 가슴이 이상해. 이걸 떨린다고 해야 하나."

"왜?"

"그 말을 들었거든."

"무슨 말?"

"안아줘."

"팩트만 말해."

"사실이야."

"누가?"

"있어. 전학 온 친구."

"너한테 그랬다고? 왜?

유성이 관심을 보인다.

"글쎄. 나도 그걸 모르겠어."

녀석의 묻는 말에 대답하고 보니 이상하게 자존심이 상했다.

"가슴이 떨리는 건 지진과 비슷해. 지층이 힘을 받으면 비틀리고 휘어지다 끊어져 단층이 되는데 지진은 원래 모습으로 돌아가려는 힘 때문에 생기는 거거든."

"그럼 원래의 내 모습으로 돌아가기 위해 떨리는 거야?"

"그냥 떠는 게 원래 네 모습일 수도 있지."

"뭐래. 네 말 이상해. 삶은 말이야. 어려울수록 나중엔 재산이 된대."

언젠가 위안이 되었던 선생님의 말씀을 나는 생각나는 대로 이야기했다.

"정신 차려라. 아무 데나 갖다 붙이냐?"

"난 아마 이다음에 재벌이 될 거야. 근데 나 어떡하지?"

"뭘 어떡해. 노력해야지. 뉴턴의 관성의 법칙 알지? 운동하던 물체는 계속 운동하려 하고 정지한 물체는 계속 움직이지 않으려고 하는 거. 버스가 갑자기 출발하거나 멈추면 중심 못 잡고 넘어지려고 하잖아."

"그래?"

"가만히 있으면 그대로 있게 된다는 말이다. 사랑을 하든 재벌이 되든 뭘 하고 싶으면 힘을 써서 노력하라고 새끼야. F= ma, 힘은 질량 곱하기 가속도. 넌 몸무게가 많이 나가니까 가속도만 붙으면 힘이 엄청날 거다."

"유성아, 넌 정신 차리고 사는 게 어렵지 않구나?"

"화성을 향해 달려가는 빨간색 전기차가 있어. 대형 우주 발사체 팰컨 헤비에 실려 발사된 로드스터야. 거기엔 우주복 복장을 한 마네킹 스타맨이 탑승하고 있는데 화성 궤도로 진입하면 수억 년 동안 그곳을 날아다닐 거야."

나는 잠자코 녀석의 이야기를 들었다.

"엄청난 도전을 하는 거지. 대단하지 않냐? 명심해. 정신 잃고 사는 게 더 어려워진 세상이니까."

해조의 말

교실 창밖으로 보이는 수리산의 모습이 희미하다. 자원 회수 시설과 열병합 발전처의 굴뚝에서 나오던 연기도 보이지 않는다. 며칠째 부는 미세먼지 탓이다.

"핼리혜성 꼬리 사건이 있어. 지구가 핼리혜성의 꼬리를 통과하는 거야. 독가스로 다 죽어 지구가 멸망한다고 난리였대. 그 꼬리에 들어가면 말이지."

세상이 미세먼지에 뒤덮인 어느 날 유성이 말했다.

"근데 지구는 무사했어."

"그래? 어떻게?"

"그 독가스가 지구에선 독가스도 아니었던 거야. 지구의 공기는 더 지독했던 거지."

가스중독이 된 것 같은 도시를 보고 있으니 그날의 유성의 말이 떠올랐다. 닫힌 교실 창 너머로 도시첨단 산업단지에 있는 높은 IT 타워와 우뚝 선 타워크레인의 윤곽만 보일 뿐이다.

조례 시작 전부터 예감이 좋지 않았다. 교실에 해조가 보이지 않았다. 어쩐 일인지 정식이 녀석, 오늘따라 촐랑거리지 않고 얌전히 책상에 고개를 박고 있다. 책도 펼치지 않고 여자아이들과 수다를 떨지도 않는다. 개그맨을 꿈꾸던 동호는 꿈을 접었는지 꿈을 펼쳤는지 심각하게 영어 단어를 외우고 있었다. 민구는 의자에 깊숙이 엉덩이를 끼고 앉아 허리를 가누지 못하며 지우개로 책상 한구석을 문지르고 있다.

해조는 2주 만에 또 다른 학교로 전학을 간다고 한다. 선생님의 복잡한 설명은 없었지만, 아이들 말에 의하면 해조가 일반 학교에 적응하지 못하는 장애가 있기 때문이라고 했다. 전혀 눈치채지 못한 건 아니었다. 보호가 필요한 친구라는 생각이 들었다. 뭔가 궁금한 표정으로 앉아있을 땐 무슨 생각을 하는지, 하고 싶은 말이 무엇인지 궁금했다.

특수학교에 간다는데 특수한 목적을 가진 학교와는 전혀 다른 곳이다. 해조가 특수학교에 가서 과연 잘 적응할까 걱정이다.

그런데 나는 해조가 그린 선인장이 자꾸 마음에 걸렸다. 전학을 가는 다른 이유가 있는 건 아닐까.

해조의 빈자리에 문득문득 시선을 두었다. 해조는 왜 그런 말을 했을까. 정식이와 나, 우리 둘 사이에 공통점이 있나. 그런데 생각할수록 기분이 상한다. 정식이 녀석 멋진 구석이라고는 일부러 찾으려 해도 없는 놈인데. 나와 정식이를 객관적으로 비교해서 얘기해달라고 새초롬하게 앉아있는 송이에게 물어보고 싶었는데 꾹 참았다. 송이가 또 창피하다고 말할까 봐.

'돌려 말하기' '생략'

선생님이 칠판에 썼다.

문학작품 읽기에서 읽는 이는 글쓴이의 '돌려 말하기'를 먼저 이해하고 말하려고 하는 '생략' 된 깊은 내용까지 파악할 수 있어야 한다. 시험 범위에 들어가는 부분이니 수업에 집중하라고 겁을 주신다. 잘 들어야 하는데 그럴수록 나는 산만해졌다.

국어 선생님은 오늘 목선이 넓게 파인 옷을 입으셨다. 분홍색의 얇은 원단이라 속이 다 비쳤는데 시스루 패션이라고 했다. 여자아이들은 아는 것도 많다. 다른 시간보다 남자아이들의 수업 태도는 차분하다. 지루한 국어 시간이지만 모두 따분해 보이지 않았다. 그러나 오늘은 내 상태가 여느 때와는 차이가 있다.

신경을 곤두세우고 있으면 다른 일에 관심이 없어지는 모양이다. 무심코 펼친 공책에 시가 쓰여있었다.

빨랫줄에 걸어 논
　요에다 그린 지도
지난밤에 내 동생
　오줌 싸 그린 지도

꿈에 가본 엄마 계신
　별나라 지돈가?
돈 벌러 간 아빠 계신
　만주 땅 지돈가?

　제목은 「오줌싸개 지도」. 읽는 순간 갑자기 눈이 시큰하고 코가 꽉 막혔다.
　"나, 한 번도 기뻐한 경험이 없다. 삐딱이 너처럼 잘생겨도 그다지 기쁠 것 같지는 않은데 내 말에 네가 감동하면 기쁠 것 같다. 시를 쓸까? 너, 시 읽어본 적은 있어?"
　내일의 모닝콜이다. 유성이는 뭐라고 대꾸할까?

"희망 사항 말고 말을 하라고. 내가 네 말에 감동하면 기쁠 것 같다고? 알았으면 이제 노력 좀 해라, 새끼야. 부탁인데 시는 쓰지 말고."

나의 모닝콜에 유성이 말했다. 옆에 있었으면 한 대 치고 싶을 만큼 주먹을 부르는 말이었다.

"은하계에 사람이 살아갈 수 있는 행성은 없어? 육지 조성을 한다는 계획도 있다며."

"해비터블 존이라고 하지. 생명체가 서식 가능한 지역을 말하는 거야. 엔켈라두스는 토성의 위성이야. 얼음으로 뒤덮인 표면에 균열이 있는데 그중 한 군데서 물기둥이 발견됐대. 흙입자도 존재하고 생명체의 기초 구성 물질이라 할 만한 것들도 발견했어. 어쩌면 생명의 오아시스일지도 몰라."

"그럼 가서 살 수도 있어?"

"거긴 지구에서 아주 멀어. 가까운 행성에 사람이 살 수 있도록 환경을 바꿔보려는 연구를 하고 있어. 그게 그렇게 공상적인 얘긴 아니지만, 문제가 있어. 그동안 지구의 환경이 변한 거 보면 알겠지?"

"더러워졌어."

"그래. 한마디로 지구를 훼손한 거야. 그러니까 마음만 먹으며 얼마든지 행성의 환경도 바꿀 수 있겠지. 파괴하는 방향으로 말이야. 그런데 왜? 가게?"

"생각 중이야."

"이왕이면 고장 난 우주왕복선 동체나 위성을 수리하거나 우주정거장의 조립을 위해 떠나보는 건 어때? 앞으로는 사람이 직접 우주공간으로 가야 하거든. 우주유영이라고 해. MS, 즉 임무 전문가가 되는 거야."

"내가 전문가가 되면 안 돼. 말을 잘못 알아들었어."

"야 인마. 말이 어렵냐? 던져버리지 않을 테니 어디 도망갈 생각하지 말고 네 임무에나 충실하라고."

녀석은 제 할 말만 하고 전화를 끊었다.

"말을 잘못 알아들었다고. 아니야 쥐, 였어."

나는 꺼진 전화기에 대고 중얼거렸다.

해조의 말이 무슨 뜻이었는지 어제 알게 되었다. 국어 시간이 끝나고 종례를 마친 후 나는 곧장 해조의 집 앞으로 갔다. 골목을 배회하다 초록 대문을 뚫어지게 본 지 20분쯤 지날 무렵이었다.

"그땐 미안했어."

대문을 나서는 해조를 보자마자 나는 대뜸 말을 던졌다. 마음이 여전히 불편했지만, 해조가 전학을 가기 전에 내가 하고 싶은 말은 전하고 싶었다. 해조의 얼굴을 보니 반가운 마음이었는데도 목소리는 그때와 다르지 않았다. 해조는 거북이처럼 목을 내밀고 나를 무슨 송충이 보듯 인상을 찡그렸다. 나는 그냥 지나치려는 해조 앞에 서서 고개를 숙였다.

"사과할게."

"안나줘!"

진심으로 사과하고 있는데 해조의 답변은 이랬다.

"안냐, 줘!"

해조는 화가 난 듯했다. 소리에 힘이 느껴졌다.

"뭐?"

"아니야, 줘!"

숨도 쉬지 않고 대답하는 목소리에 날이 서 있다. 퍽. 마른하늘에 날벼락이 쳤다. 나는 숨을 쉴 수 없었다. 나의 비염 증세는 이럴 때 심하게 나타난다. 꽉 막힌 코에서 콧물이 흘렀다. 그러니까 해조 말은 아니야, 줘, 였다. 아니야, 줘. 어디 구멍이라도 있으면 비집고 들어갈 지경이었다.

"미친 새끼."

엉겁결에 입 밖으로 내 목소리가 새어 나왔다. 해조의 얼굴이 더욱 일그러졌다.

"너한테 한 말 아니야."

해조에게 말하면서 나를 향한 욕설이 쏟아졌다. 맙소사. 그걸 잘못 알아듣다니. 나의 발이 발 빠르게 움직이려 했지만 자제했다. 이런 상황에서 도망가는 건 사나이답지 못하다. 나는 정신을 차리고 마음을 가다듬었다.

"미안해. 여기."

홱 돌아서려는 해조에게 붕어빵과 나를 향해 던졌던 스노볼을 내밀었다. 토끼를 닮은 로봇은 뾰족한 귀로 우주와 교신이라도 하는 것 같다. 스노볼 안에는 오로라 빛 눈이 펄펄 오르내렸다. 주머니 속에서 납작해진 봉지는 아직도 따뜻했다. 붕어빵은 천 원에 세 개인데 한 개를 덤으로 받았으니 네 개였다. 미안하게 한 개가 모자랐다. 해조는 어리둥절한 눈으로 스노볼과 붕어빵 봉지를 번갈아 봤다.

"뭘 그렸어?"

나는 해조의 손에 들린 스케치북을 바라봤다. 또 문제가 될 만한 그림을 그린 게 아닐까, 걱정스러웠다. 해조는 조금 상기된 얼굴로 봉지를 열어 붕어빵을 하나 꺼내 들다가 나를 경계했다.

"이제 안 그래."

"증말?"

나는 고개를 끄덕였다. 해조가 스케치북을 들어 올렸다.

"맹글."

붕어 입가에 삐져나온 팥을 먹으며 해조가 말했다. 해조도 붕어의 입부터 베어 먹고는 삼키기 전에 오랫동안 씹었다.

"뱅글?"

"아니, 맹글."

"그게 뭐야?"

"나무. 밖으로 나온 나무."

"밖으로?"

"응. 뿌리가 보여."

해조는 말이 끝나기 무섭게 먹던 붕어빵을 봉지에 넣었다. 한 손엔 붕어빵 봉지를 들고 다른 손엔 스케치북을 들고 뛰어갔다. 해조는 내게 인사 한마디 하지 않은 채 운동화의 하얀 고무 발바닥만을 보이면서 뛰어갔다. 해조는 기분이 좋아 보였다.

아니야, 쥐. 아니야, 쥐. 나는 머리를 쥐어박으며 몇 번을 중얼거렸다. 수억 년 동안 화성 궤도를 떠돌게 될지도 모르는 로드스터. 나는 화성으로 발사된 로드스터에 우주인 복장을 하고 탑승한 마네킹이 되고 싶었다. 스타맨이었나? 밤하늘을 가르고 우주를 날아 지금쯤 화성 궤도에 들어갔을까.

리플리도 괜찮겠다. 우주 관광업체 스페이스 X가 발사한 크루 드래건에 타고 있는 또 다른 마네킹이다. 시뮬레이션을 끝내고 잘 돌아왔다고 하는데 리플리는 무엇을 경험하고 왔을지 궁금하다. 이제 우주여행도 어렵지 않게 다닐 수 있는 시대가 가까워 졌다고 했다. 유성이는 늘 열심히 연구 중이다.

해조의 뒷모습이 조그맣게 보인다.

나무에도 뇌가 있다

골목 어귀에 택시 한 대가 지나가다 멈추었다.

"창공아."

누군가 나를 부른다. 민구의 아버지였다.

"안녕하세요."

꾸벅 인사를 했다. 안 보는 사이에 민구 아버지의 머리는 거의 백발이 되어있었다. 가족들의 생계를 책임지고 있는 가장의 대표적인 모습이라 할 수 있을 만큼 초췌했다. 창 너머 뒷자리에는 거의 드러누워 있는 민구의 모습이 보인다. 녀석은 차 안에서도 자세가 불량하다. 기분이 우울해서 나는 녀석과 이야기를 나누고 싶었다.

"어디 가?"

민구에게 물었다.

"갔다 오는 길."

대답이 짧다. 생각이 없어서 말이 짧다고 생각해야 나이 많은 내 마음이 편하다. 그런데 녀석의 표정이 좋지 않다.

"저 내릴게요."

민구가 말하고는 택시에서 내렸다. 이럴 땐 마음이 통하는 친구 같다. 녀석과 어깨를 나란히 하고 걸으며 나는 막 출발한 차의 뒤꽁무니를 바라보았다. 택시의 뒤 유리창에 누군가 손가락으로 낙서를 해놓은 게 보였다. '똥차'

풉, 웃음이 나려는 순간 택시가 요철을 지나면서 똥 덩어리라도 떨굴 듯 덜컹거린 후 힘차게 부르릉거렸다. 설마 민구가 쓴 건 아니겠지. 녀석이 그렇게 유치하지는 않을 테니까. 택시가 꼬부라진 길을 돌아 골목 깊숙이 들어갔다.

"너, 곰과 토끼 얘기 알아?"

민구에게 물었다. 사실 다른 이야기를 하고 싶었는데 솔직해지는 것이 두려웠다.

"몰라. 거북이와 토끼 얘긴 알아."

"그럼 맹글이라고 알아?"

"그게 뭔데?"

"나무다."

"그게 나무 이름이라고?"

"그래. 뿌리가 밖으로 나온 나무다."

"맹글은 모르지만, 나무가 왜 그런지는 알아."

녀석은 모르는 걸 그냥 모른다고 하는 게 자존심이 상하는 모양이다.

"왜? 나무가 왜 그러는데?"

"생각이 있어서 그런 거야."

나무에 관해 알고 있는 다른 이야기라도 하려는지 천천히 침을 삼켰다. 그러다 곧 귀찮다는 기색을 보이며 고개를 흔들었다. 그리고 내게 되물었다.

"나무에도 뇌가 있다는데. 몰라?"

녀석이 반말을 찍찍 하면서 아는 척하는 건 봐주기가 힘들었다. 것도 모르냐는 식으로 묻는 저 표정 봐라. 그러나 화를 낼 이유는 없었다. 뇌가 있다고? 그럼 나무도 더위를 타는 걸까. 아니면 답답해서? 나무에 뇌가 있다는 건 처음 듣는 말이었다.

"알지. 물론."

이렇게 말은 했어도 의심스러웠다. 녀석은 하나만 알고 둘은 모른다. 내가 아는 뭐야는 생각이 없다. 뇌가 있다면 생각을 했겠지. 그럼 그런 곳에 뿌리를 내릴 리가 없다. 주먹만 한 하늘 아래 어른거리는 햇빛이 전부이고 땅 한 줌과 방울방울 떨어지는 빗물이 고작인 곳에 말이다.

"근데 나무를 옮겨 심어도 되나?"

녀석의 대답이 궁금했다. 며칠 동안 뭐야를 보지 못했다. 나는 옥탑에 있는 우리 집 마당에 정원을 만들고 그곳에 서 있는 뭐야를 종종 그려보고는 했다.

"상처가 생기거나 적응 못 하면 죽을 수도 있어."

민구가 말했다. 나는 고개를 꺾고 머리를 털어댔다. 녀석이 아는 척하는 걸 더는 봐주기 싫었다.

"너, 여자 친구 사귀어봤어?"

머릿속에 있던 말이 튀어나왔다. 물어볼까 말까 고민 중이었는데 이미 입 밖으로 소리가 나오고 있었다. 이왕 나온 말, 나는 당당했다. 내가 생각해도 난데없지만 재미있는 대화가 오가기를 바랐다. 지금 기분이 매우 안 좋으니까. 만약 녀석이 나에게 반문한다면 나도 유성이처럼 멋있게 고개만 끄덕일 것이다.

민구의 호기심을, 내가 유성에게 느낀 만큼 불러일으키고 싶었다. 놀라게 하고는 됐다, 라는 말로 약을 올리고 길길이 뛰며 묻는 걸 감상하면서. 근데 어라, 녀석 놀라지도 않는 눈치다.

"형은 그런 게 궁금해?"

예상치도 못했던 답변에 순간 주먹이 올라가려 했지만 참았다. 날 쳐다보는 눈길도 기분 나쁘다. 앞서 걷고 있는 여학생을 내가 너무 유심히 바라본 탓일까. 짧아도 너무 짧은 치마를 입었다고 생각하고 있었을 뿐인데. 민구는 화가 난 것 같았다. 궁금하다고 할 수도 없고 안 궁금하다고 할 수도 없다.

"난 관심 없어."

녀석이 중얼거린다. 그렇게 말하니까 내가 웃겨지잖아, 자식아. 주저리주저리 속으로 주절거렸다. 그런데 관심이 없다니. 나는 왜 유성에게 이렇게 말하지 못했을까. 욕을 들을 때보다 더 자존심이 상하는 기분이다. 물어본 사람 이상하게 만드는 이런 근사한 대답이 있었다. 나는 급하게 또 물었다.

"너, 사귄 적 한 번도 없었지? 우주에는 질서가 있으니까."

민구는 한심하다는 눈길로 나를 쳐다보더니 태연하게 트림을 했다. 무 썩은 냄새가 났다. 호기심은커녕 당황한 눈치도 아니었다.

"계속 그런 것만 궁금해? 학교에서나 질서 잘 지키시지."

너무 심하게 말한다. 야, 야. 사람 바보 만드네. 이런 걸 친구 사이의 대화라고 할 수는 없다. 다른 할 말이 없냐. 속에서 나만 들을 수 있는 말이 쏟아졌다. 슬쩍 째려보니 녀석의 웃음기 없는 얼굴이 힘겨워 보였다. 어째 눈시울도 붉어져 있는 느낌이

다. 아까부터 그런 걸 내가 눈치채지 못하고 있었던 걸까. 나의
다른 면을 보여줘야겠다.

"근데 너, 무슨 일 있어?"

내가 물었다. 녀석이 대답은 하지 않았지만 뭔가 말하고 싶은
눈치다.

"표정 보니까 무슨 일 있는데? 말해봐."

나의 어른스러운 말투에 나도 감탄 중이다. 잘못이라도 저지
른 표정으로 녀석이 고개를 바닥으로 떨궜다. 민구는 고개를 숙
인 채로 한참 걸은 후, 할아버지를 요양원에 맡기고 오는 길이
라고 말했다. 부모님이 모두 일을 해서 치매를 앓고 있는 할아
버지를 돌볼 사람이 없기도 했지만, 집에 여러 번 불이 날 뻔했
다는 사실도 알게 되었다. 민구의 할아버지는 위험을 모르는 해
맑은 아이처럼 변해가고 있었다.

"할아버지한테 좀 더 잘해줄걸."

나는 녀석의 어깨 위에 팔을 둘렀다.

"아씨, 무거워."

까칠하게 말하는 민구의 어깨를 팔로 끌어안았다.

"2135년에 지구와 소행성의 충돌 가능성이 있대. 인류의 운
명을 좌우할 만큼 위험한 거야. 언젠가 지구에 공룡이 사라진
것처럼 말이지. 그 소행성은 뉴욕의 엠파이어스테이트 빌딩보다

100미터나 높아. 대재앙이 올지도 모르는데 착하게 살아야지. 공부도 열심히 하고. 지금도 늦지 않았어."

"100년도 더 남았는데요?"

"현재 지구 근접 천체는 1만 5,000여 개, 지구 위협 천체는 300여 개나 된대."

"형은 참 걱정도 많다. 안 어울리게."

녀석의 맹한 표정이 오늘은 봐줄 만했다.

"새끼야, 미리 지구를 지켜야지."

나는 녀석에게 헤드록을 걸었다.

"미리미리 좀 씻지. 치우라고. 냄새난다고요."

어떤 말을 해야 할까

힐스테이트, 메가트리아, 더샵 센트럴시티. 공인중개소의 전면 유리에 아파트들의 평면도가 붙어있다. 재래시장의 입구에 위치한 곳이지만 광고에는 길 건너 아파트 단지의 낯선 이름들로 채워져 있다. 새로 지은 행정복지센터에 가려면 약간의 오르막길을 걸어야 하는데 경사가 심하다고 느끼는 사람은 대개 동네 주민이었다.

낯선 이름의 아파트에 사는 주민들도 이곳 행정복지센터를 이용했지만, 차를 타고 다녀서 경사진 길에 관한 민원은 없었다. 그러나 주변 환경의 문제점들을 건의했다고 한다. 소음과 냄새와 쓰레기들. 개선되지 않은 소음과 음식 냄새는 차창을 꼭 닫고 감수하며 다녔으나 건의 후 반듯하게 각을 잡은 공간에 버려진 쓰레기마저도 아예 안 보이게 하는 방향을 고민하라는 민원을 넣었다. 고민 끝에 일조권을 포기해야 했던 재래시장은 여전히 고민할 게 많았다.

해가 중천에 떠올랐다가 내려올 때 선택받은 듯 잠시 햇볕이 문 앞을 비추는 개미슈퍼 안으로 들어갔다.

"안나줘요."

해조가 계산대 앞에서 아저씨를 향해 이렇게 말하고 있었다. 살 게 있는 건 아니었는데 창밖으로 해조의 당황한 모습을 보고는 그냥 지나칠 수 없었다. 해조는 오른손에 스케치북과 붕어빵을 한꺼번에 들고 왼손바닥을 폈다. 이렇게 저렇게 이야기해도 알아듣던 아저씨가 난처한 얼굴로 콧구멍을 후비더니 코딱지를 꺼내 진열되어있는 과자들 사이로 튕겼다. 더러웠다.

"뭐 사게?"

아저씨가 해조에게 물었다.

"안나줘요."

해조는 손바닥 위의 잔돈을 몇 번이고 쳐다보고 세어보고는 아저씨에게 다시 말했다. 평면적인 얼굴에 입술만 부어올라 있었다. 누가 봐도 상황에 어울리지 않는 말과 표정이었다. 아저씨가 이상하게 해석하기 전에 내가 끼어들어야 했다.

"오해하지 마세요."

해조도 아저씨도 나의 등장에 놀라는 눈치였다. 커다란 땀구
멍이 적나라하게 보이는 펑퍼짐한 아저씨의 코가 씰룩거렸다.

"뭘 안 줬나요?"

"그럴 리가."

느닷없이 내가 물었고 아저씨가 대답했다.

"그럼 뭘 뺏었나요?"

"뭐!"

애가 왜 이러나 하는 표정으로 나의 물음에 아저씨가 대꾸했
다. 너무 기가 막혀 뭐라고 물어보든 같은 대답을 할 거라는 식
이었다. 나는 해조가 뭘 샀는지 얼마를 냈는지 거스름돈은 또
얼마를 받아야 하는지를 계산했다. 철저하게 계산하다 보니 원
래 내가 수학에 소질이 있는데 여태 모르고 있었던 것 같았다.

"뭘 샀죠? 얼마를 냈죠? 아저씨는 얼마를 거슬러줬어요?"

나는 다시 처음부터 질문했고 내가 묻는 대로 아저씨는 계속
대답했다.

"거스름돈 500원이 모자라잖아요."

내가 드디어 밝혀낸 걸 말했다.

"무슨 소리야?"

비닐로 덮어씌운 테이블을 탁탁 두드리며 나를 째려보는 아저씨의 표정이 꼴 보기 싫었다.

"자 봐요."

나는 더하기 빼기를 그것도 암산으로 했다.

"아니야, 줘요, 였어요."

"뭐?"

그럴 리가, 라고 말했으면 내가 어떤 불량 학생이 되었을지 모르겠다.

"해조 말은 아니요, 주세요, 였다고요."

나는 힘을 주어 또박또박 말했다. 아저씨가 미간에 주름을 만들고는 양쪽 입가를 손가락으로 문질러 닦았다. 별다른 대꾸 없이 나를 쳐다본다.

"빨리 줘요. 빨리."

아저씨는 몸 안 어딘가에 가려움증이 도졌는지 손을 가져가 긁적이기 시작했다.

"거스름돈 어서 줘요."

"아, 글쎄 뭘 줘?"

"500원 주라고요. 계산이 틀렸잖아요."

나는 마음이 바빴다.

"줄 거 없어."

"줘요. 얼른."

아저씨는 화가 치미는 듯했다.

"나가!"

어린것이 어른에게 버릇없이 굴며 장사하는 데 막대한 지장을 준 것처럼 나를 밖으로 내몰았다. 해조는 내가 자기편을 들고 있다는 사실을 아는지 내 팔을 붙들었다. 얼굴엔 두려운 기색이 가득했다. 등을 떠밀리면서도 나는 얼굴을 붉히고 아저씨를 똑바로 쳐다봤다. 곁에 있는 해조가 그만두라는 듯 나를 자기 쪽으로 잡아당겼다.

"싫어요."

"뭐!! 이런, 쌍놈의 새끼. 나가라고!"

"500원 줘야죠!"

"아까 불우이웃돕기 성금 함에 넣었다고. 얘가!"

나가라고 손을 거세게 휘젓다가 해조를 가리켰다. 그제야 해조는 부당한 상황을 이해하는 눈치였고 아저씨와 내게 미안해하는 것 같았다.

"그냥 달라고 해. 그러니까 주세요, 라고."

가게 밖을 나와 해조에게 소리쳤다. 짜증을 냈는데 해조는 자신을 생각해서 하는 말인지 아닌지를 잘 구분하고 있는 것 같았다. 무슨 말인가, 놀란 눈으로 얼굴을 바짝 들이대고는 나의 입을 보고 있었다. 입 모양을 보면 다 안다는 듯이. 그런데 생각해 보니 목적어가 없으면 상대방이 이상하게 생각할 수도 있는 말이었다. 어렵다.

"아니, 싫다고 해."

이것도 듣기에 따라서는 상황과 맞지 않을 수도 있었다. 무조건 싫다고 할 수는 없는 노릇이다. 오해의 소지가 있다. 상황마다 다른 말을 알려준다고 해조가 적용할 수는 없을 텐데. 달달 외울 수도 없고 적어놓았다가 펼쳐놓고 읽을 수도 없으니까.

"아니, 됐다고 해. 됐어요. 알았어?"

"뭘?"

"뭐든지. 언제든지."

해조는 그 말을 기억하려고 애쓰는 눈치였다.

"해봐. 됐어요."

"돼써요."

나는 마음이 놓이지 않았다. 그 말 또한 적절하지 않았다. 온갖 소리가 나도는 세상 속에서 해조가 어떤 말을 해야 아무 일 없이 살아갈 수 있을까. 사람들의 이상한 눈길 속에서도 안전할 수 있을지 걱정이 되었다. 해조는 횡설수설하는 나를 말간 눈으로 바라보았다.

"안 돼요, 라고 해."

"안 돼요."

"그래, 안 돼요."

해조는 내가 무슨 이야기를 하고 있는지 다 알고 있는 눈치였다. 그러나 무슨 이야기를 듣고 있는지 모르는 것 같았다. 나를 바라보다 졸린 눈으로 하품했다.

아 아 아 함.

*

밤 11시. 늦은 시각이라 도로는 한산했다. 산 지 10년이 넘은 11인승 승합차는 좀처럼 속도를 내지 못한 채 밟히는 대로 굉음만 내질렀다. 편하고 안전한 자동차. 성능이 뛰어난 자동차. 환경을 오염시키지 않는 자동차. 적은 연료로도 먼 거리를 주행할 수 있는 고효율 자동차. 자동차를 개발할 때 중요하게 생각하는 점이라고 하는데 우리 승합차는 이제 어느 하나 해당하는 것이 없다. 차는 계속 이상한 소리를 냈다.

동그란 달이 오늘따라 아주 많이 멀리 있었다. 아버지와 나는 함께 겨울옷을 사러 나선 길이다. 재고가 쌓여있어도 옷은 계절에 앞서 갖춰놓아야 하므로 어쩔 수 없다. 봄에 여름옷을 팔고 여름에 가을옷을 팔고 가을에 겨울옷을 팔아야 그나마 재고를 많이 남기지 않을 수 있다. 개업하고 며칠 빼고 가게에는 늘 할인 판매를 알리는 글씨가 붙어있었다.

"오른쪽을 봐라."

운전하던 아버지가 말했다. 조수석에 앉아 졸고 있던 나는 퍼뜩 깨어 무조건 얼굴을 돌렸다. 오른쪽 길가에 주유소 말고는 볼 게 아무것도 없었다. 홀로 불을 밝히고 있는 주유소의 주변은 어둠뿐이었다. 빌딩 숲인 도시에 이런 허허벌판이 있는 게 신기하기만 하다. 휘황찬란한 조명 덕분에 운영난을 겪고 있다는 인상은 주지 않았다. 잘 봐야 하는 것을 지나친 건 아닌지 멀어진 주유소와 그 주변을 눈이 째지도록 봤다.

슈퍼 아저씨와 실랑이를 하고 해조가 해야 할 말을 고민하느라 오후 내내 피곤했다. 벌어진 차창 사이로 바람이 쉭쉭 들어왔다. 너무 오래 달렸으니 좀 쉬어야겠다고 툴툴거리기라도 하는 것처럼 승합차는 차체를 흔들었고 그 바람에 나의 엉덩이는 자리에 가만히 있지 못했다.

"자극주유소 봤냐?"

뜬금없는 아버지의 물음에 금방 말이 나오지 않았다. 승합차가 심하게 덜덜거리며 100미터쯤 달려간 후에야 내가 입을 열었다. 자극을 받아들이는 감각기관과 자극에 대해 반응하는 운동기관 그리고 신경계가 생각났다. 아버지의 기관들이 심심한가?

"요즘 자극이 필요하세요?"

나의 엉뚱한 물음에 아버지는 잠시 조용했다.

"왜, 너도 그러냐?"

흥미로운 표정이었다가 이내 수그러드는 눈치였다. 아버지는 아들이 컸으니 이제 남자 대 남자로서 가능한 대화를 하고 싶은 걸까. 웃어넘기려 했는데 이어지는 아버지의 말에 웃음이 목구멍에서 생기를 잃고 말았다.

"하긴 네 나이엔 모든 게 자극일 테지."

아버지의 말투가 연세 많은 노인 같았다.

"자곡주유소였어요."

"뭐?"

"자곡이라고요, 곡."

내 말이 떨어지자마자 아버지가 킬킬거렸다. 자신이 생각하기에도 좀 웃기기는 했나 보다. 아버지는 끊임없이 나오는 웃음을 그치지 못했다.

"이제껏 자극인 줄 알았다."

아버지의 웃음소리는 긴 한숨처럼 들렸다.

"그렇게 보이기도 해요. 언뜻 보면."

나는 아버지의 웃음 끝에 내 웃음을 섞었다. 사실을 사실대로 말하는 것이 꼭 좋은 건 아니다. 왠지 나는 아버지에게 미안해졌다.

"일부러 여기까지 와서 기름 넣고 그랬는데."

아버지가 끌끌 몇 차례 혀를 찼다.

"헛수고했구나."

자극주유소에서 기름을 넣으면 뭔가가 달라지는 거냐고 물어보려다 그만두었다. 자극을 받아도 자동차가 받는 걸 텐데. 아버지도 나만큼이나 엉뚱하다. 내가 말을 못 알아듣고 같은 말도 다르게 해석하는 건 아버지를 닮아서다. 아버지는 힘으로 누르는 대신 아들에게 도리어 자신의 부족한 모습을 보일 줄 알았다. 간혹 너무하다 싶을 정도로. 그러나 그건 장점이었다. 내가 보호자가 된 심정이었으니까.

옆 차선으로 빠르게 지나가는 차들이 보이고 몇 대는 추월해 우리 앞으로 쌩하니 들어왔다. 왜 이렇게 꾸물거리느냐는 식으로 우리 차를 향해 경적을 때렸다. 성질 급한 차들의 속도에 차가 휘청거렸고 그럴수록 아버지는 운전대를 꼭 붙들었다.

"널 자주 생각할 거다."

자극과는 어울리지 않는 말이었다. 나는 아버지의 손에 붙들려있는 넓적한 운전대를 바라보았다. 군데군데 벗겨진 것이 진흙 바닥에 난 물길 모양 같았다. 대시보드 뚜껑은 계속 떨렸다.

덜덜덜덜.

"네 엄마 말이다."

내가 말썽을 부리거나 예민해 있거나 주눅이 들어있을 때 아버지는 곧잘 이렇게 말했다.

내색은 안 해도 개미슈퍼 아저씨에게 들었을 거라는 걸 안다. 그러나 불손했던 나의 말과 행동에 대해 아버지는 아는 척하지 않았다. 어른을 몰라볼 만큼 내가 불량하지는 않으니까. 그 정도는 아버지도 나를 믿고 있는 거다. 그러나 수시로 행사하는 아버지의 염려는 내게 감동을 주지 못하고 도리어 그 어떤 폭력보다 더 폭력적으로 여겨졌다. 어딘가 아프고 불편해도 여기저기가 아프다고 고백할 수는 없다. 대신 아버지가 염려하지 않을 수 있도록 뭐든지 알아서 잘하는 아들이 되어야겠다는 생각을 했다. 그런 폭력은 원하지 않으니까.

"부피가 꽤 될 거다."

저녁 무렵 아버지가 말했다. 겨울옷이니 무게도 제법 될 거란 것도 짐작했다.

"같이 가요."

집에 있으면 잠자기밖에 더 하겠나 싶어 아버지에게 대꾸했다. 평일이라 해도 마찬가지였겠지만 마침 내일은 토요일이라 수업이 없다. 아버지는 흡족한 미소를 지었다. 모처럼 아들과 함께하는 외출이라 생각하는 모양이었다.

아버지가 내게 의지하고 있다는 걸 나는 안다. 불만이 있거나 부담스럽지는 않다. 책임감을 느끼고 미래를 계획하게 한다는 점에서 보면 건설적이다. 그러나 나밖에 없다는 쓸쓸한 눈빛으로 나를 바라볼 때나 나보다 더 약해 보일 때는 괴롭다. 내가 아버지를 즐겁게 해줄 수만은 없는 거니까. 그건 나의 의지로도 어쩔 수 없는 인생의 일이라 그렇다. 아버지는 자기 말을 들으란 식으로 윽박지르는 대신 희망이나 바람 같은 걸 내게 넌지시 비치며 방향을 잡곤 했고 그 힘은 막강했다.

도착한 시장에는 자정이 넘었는데도 사람들이 많았다.

"여기는 이제 시작이란다."

아버지의 발걸음이 빨라졌다. 속도를 맞추느라 나는 널려있는 옷을 구경할 새도 없었다. 느긋느긋 다니면 소매상인 줄 알고 싼 물건도 비싸게 부른다고 한다. 대량 구매를 안 해도 도매상으로 보이려면 스피드가 필요했다. 다닥다닥 붙은 한 평 남짓한 공간에 한 사람 발 디딜 곳만 남겨둔 채로 옷가지들이 수북이 쌓여있었다. 저렇게 많은 옷이 언제 다 팔릴까 싶은데 그런 곳이 미로처럼 끝도 없이 이어져 있다.

아버지는 뛰다시피 하고 나는 보폭을 넓혀 걸었다. 모두 목청을 높여 소리쳤다. 싸요 싸. 이리 와 봐요. 몇 장? 여기. 2만 원. 안 팔아. 못 팔아. 흥정하고 옷을 내리고 개키고 담는 손길이 분주하다. 누군가 자는 시간에 다른 누군가는 하루 중 제일 바빴다. 진정한 치열함이 여기 있었다.

먹고사는 문제가 아니라 죽고 사는 문제라고 했던 옷 가게의 건물주가 떠올랐다. 그는 월세가 두 달 밀리자 우리 집 대문보다 더 큰 자동차를 몰고 왔다. 건물주 앞에서 아버지는 자꾸만 밖을 내다봤다. 그러고는 나를 찾았다.

"창공아."

나를 애타게 불러 소주 두어 병 사 오라고 심부름을 시켰다. 나를 밖으로 내보내기 위함이었다. 아버지가 내게 보이고 싶지 않은 모습이 있을 때다. 건물주가 아버지의 초등학교 동창이었다는 걸 알게 되었을 때는 나도 모르게 아버지의 등을 두드려줄 뻔했다. 밖에 나와보니 우리 집 승합차 옆에 건물주의 새까만 자동차가 서 있었다. 여기저기 찰과상을 입은 채로 먼지 더께가 앉은 우리 차가 되레 유별나 보였다.

"먹고살기 바빠서."

월세가 밀린 아버지는 진실을 말하고 있었다.

"나는 죽기 살기로 일을 하고 살았네."

건물주의 대꾸에 아버지의 진실이 조금 밀리는 느낌을 받았

146

다. 그러나 나는 왠지 모를 안도감을 느꼈다. 죽기 살기로 공부한 것이 아니라 건물주는 죽기 살기로 일을 했다. 저절로 신뢰가 가면서 아버지의 그 어떤 말보다 희망이 보였다. 나도 열심히 일할 자신은 있으니까. 발걸음 가볍게 뛰어나갔다. 아버지에게 급히 필요할 듯했지만, 미성년자에게는 술을 팔지 않는다. 나는 그냥 서둘러 밖으로 나왔다. 나가면서 우리의 승합차를 도닥였더니 손바닥이 까매졌다. 할 수 있는 게 없었다. 다만 이런 상황에서 나는 묘한 힘을 얻게 되었다고 아버지에게 알려주고 싶었다.

"뛰어라."
잠시 길을 잃은 내게 아버지가 뒤꽁무니를 보이며 말했다. 새벽 시장에서 아버지는 활달해 보였다.
"들어라."
보따리들을 던져주고는 또 시장 골목을 누볐다. 아버지가 이렇게 날쌘 건 처음 본다. 따라나서길 잘했다는 생각이 들었다. 군데군데 들러 옷을 샀는데 자주 오다 보니 단골집이 있는 모양이었다. 대체로 단골 가게의 사장들은 여자가 많았으나 모두 그런 건 아니었다.
옷을 선택하는 데는 오래 걸리지 않았다. 전문가처럼 한 번 휙

둘러보고는 손가락으로 가리킬 뿐이었다. 꽃무늬, 꽃봉오리가 가득한 옷. 진달래가 만발하고 목련꽃이 한껏 피었다. 장미처럼 붉게 물든 단풍도 보이고 한들거림을 멈춘 코스모스도 있고 눈송이 같은 왕벚꽃도 있다. 새벽임에도 모두의 행동은 민첩하고 역동적이기까지 했다. 짊어진 옷의 무게에 어깨가 뻐근했지만 나와 아버지는 모처럼 생기발랄했다.

새벽녘 집으로 돌아오는 길 승합차에서 생각했다. 너도 열심히 일할 자신은 있지? 열심히 일하면 우리도 건물주가 될 수 있다. 내일 아침엔 이렇게 말해야겠다. 유성이도 나처럼 묘한 힘을 얻게 될까? 내 마음도 모르고 녀석은 이렇게 말할지도 모른다. 속물.

맹그로브

　유성은 내가 속물과는 거리가 멀다는 것을 알고 있었다.

　"넌 열심히 일해라. 난 열심히 공부할게."

　나의 모닝콜에 녀석이 대답했다. 유성이 정말 열심히 공부할
까 봐 걱정이다.

　"지구뿐만 아니라 다른 행성도 살리려면 지금보다 더 잘 알아
야 하니까. 책임감 있게 사려 깊게 말이지."

　믿음직스럽게 말하는 유성을 바라보며 나는 고개를 끄덕였다.

　"다트 우주선을 발사한다고 말했지. 다이모르포스라는 쌍소행
성에 직접 충돌하게 될 거라고."

"응 그랬지. 충돌 방어 미션."

"꽤 기억력이 좋군. 새로운 사실을 알았어. 다트 우주선은 산산조각이 나겠지만 다이모르포스 위성의 궤도는 크게 변하지는 않고 그저 속도만 조금 줄어들 거래."

"속도가 줄어드는 것만으로도 충돌을 막을 수 있어?"

"모르지. 지상에서도 행성 레이더로 그 충돌을 관측할 수 있나 봐. 그런데 걱정이야."

녀석이 하늘을 가리켰다.

"왜?"

"기술이 강력해지면 파괴력은 그만큼 더 심해질지도 몰라. 안 그래? 좀 더 열심히 공부하고 연구해야 할 것 같아."

녀석을 진심으로 응원해야겠다.

나에게도 응원하는 친구가 생긴 듯했다. 바로 해조였다. 학교 종례가 끝나자마자 여기까지 뛰어온 건 나였는데 도리어 해조가 내 앞으로 다가와 두어 번 숨을 몰아쉬었다. 나를 보고도 못 본 척하고 전봇대까지 뛰어갔다 온 후였다. 뒷모습을 바라보고 있던 나는 어리둥절했다.

특수학교에 들어가려면 1년을 기다려야 한다면서도 해조는 학교에 나오지 않았다. 해조와 마주칠 수 있도록 나는 그 집 앞을 얼쩡거렸고 담 주변을 기웃거리며 비탈길을 서성였다. 그러다 기울어져 보이는 집에서 강아지 소리가 들리곤 했다. 좀처럼 보이지 않던 해조와 우연히 마주친 날이었다. 해조가 어머니와 같이 있었기 때문에 아는 척은 하지 않았지만, 해조는 나를 알아보고 반가워하는 눈치였다.

그날 이후 해조는 내 앞에 나타나기 시작했다. 수시로 대문이 열렸고 그 사이로 해조의 얼굴이 빠끔히 나왔다. 내가 보이면 기가 막히게 깜짝 놀란 표정을 짓고는 다시 문을 닫았다. 해조도 나를 기다리고 있었던 게 틀림없었다.

"보여줄까?"

해조가 내 눈앞에 스케치북을 펼쳤다. 맹글이었다. 바다를 배경으로 부연 안개 속에 나무가 그려져 있다. 이리저리 뻗은 뿌리가 밖으로 불거진 나무. 많은 가지가 원줄기를 타고 올라가고 드러난 뿌리는 얽히고 뒤틀린 채 아래로 뻗어 내린 모습이 적나라했다.

해조는 해맑은 얼굴로 나의 칭찬이라도 바라는 눈치였다. 그러나 수면 위에 그늘을 드리우고 서 있는 나무를 바라보다 나는 이렇게 물었다.

"나무가 왜 이래?"

"사는 거야."

해조는 진지하게 말했다.

"너처럼."

"나처럼?"

"그래. 우리."

해조는 앞장서서 몇 걸음을 걷다가 뛰어갔다. 안 돼요. 안 돼요. 가면서 해조는 연습이라도 하는 것처럼 큰 소리로 중얼거렸다. 나를 안심시키고 싶은 것 같았다. 나는 그 자리에 우두커니 서서 하늘을 바라봤다. 땀에 젖은 옷이 등에 달라붙었다. 파란 하늘의 가장자리가 차츰 붉어지고 있었다. 우리처럼 사는 나무. 해조의 말을 생각하며 나는 얼굴의 땀을 소맷자락으로 닦았다.

해조의 말을 해석하면 뿌리가 뒤틀리고 꼬인 채 밖으로 불거진 모습이, 서로의 뿌리를 얽은 나무의 모습이 우리 사는 모습이란다. 더듬거리긴 했지만 해조는 내가 알아들을 수 있도록 설명해주었다.

눈앞에 펼쳐진 노을과는 대조적으로 하늘은 파랗다. 바다의 색일까. 투명한 대기가 비추는 바다의 푸르름. 그런데 어째 뿌리가 밖으로 나와 있는 상태를 상상하니 뭐랄까, 보이고 싶지 않은 것을 드러내놓은 것만 같다. 내가 왜 뭐야를 보고 싶으면서도 보고 싶지 않은지 조금은 알 것 같다. 우리가 사는 모습 같았으니까.

개미슈퍼에는 주인아저씨 대신 할머니와 할아버지가 얼굴을 나란히 하고 앉아있었다. 가게를 지키고 있는 거였다. 슈퍼 아저씨는 경찰에 불려 갔다. 성폭행범으로 조사를 받아야 한다고 했다. 덥수룩한 머리에 바지 앞 지퍼를 긁적이던 모습이 마음에 안 들었었다.

문득 해조가 그린 가시 박힌 선인장이 떠올랐다. 어떤 상황에 있었는지 무슨 광경을 목격했는지를 나타내는 그림이라고 했다. 그림 치료사의 해독이 없으면 판단할 수 없는 거였다. 깊은 상처가 지울 수 없는 흉터가 되어 가슴속에 남았지만, 인지할 능력이 없고 표현하는 방법도 모른 채 다만 자신이 할 수 있는 것으로 나타낸 거라고 설명했다.

할머니는 파리채를 들고 신중한 눈빛으로 가게 안을 살피고 있다. 다행히 할아버지의 한쪽 눈은 치료가 끝난 모양이었다. 할머니는 파리채를 휘둘러 계산대 앞을 연신 때렸다. 할아버지는 익숙해진 모양인지 놀라지도 않는다. 이따금 이마 위에 손을 얹고 안대를 푼 눈만 끔뻑거렸다.

검버섯이 피고 메마른 할아버지의 손에 시퍼렇고 굵은 혈관이 도드라졌다. 100년이고 200년이고 할아버지의 삶이 굳건히 이어질 것 같은 엄숙함이 느껴졌다. 할머니의 동반자로서 할아버지의 혈관은 손색이 없어 보였다. 그런데 내려칠 순간을 가늠

하느라 멈칫하는 할머니를 보고 있으니 왠지 할아버지의 정신 건강에는 애꾸눈이 낫겠다 싶다.

"할아버지, 맹글이라는 나무 알아요?"

나는 계산대 앞에 앉아있는 할아버지에게 다가가 물었다.

"맹글?"

"음, 좀 이상해요. 바다에 사는데 뿌리가 밖으로 튀어나와 있어요."

할아버지는 게슴츠레한 한쪽 눈을 들어 나를 바라봤다. 자신의 이름과 나이는 기억할까, 여기가 어디인지, 지금 무엇을 하던 중인지는 알까, 의심스러울 정도로 멍한 표정이었다. 기대한 건 아니지만 좀 실망스러웠다. 할머니는 이제 본격적으로 가게 안을 돌아다니면서 파리채를 휘둘렀다. 과자 봉지 터지는 소리가 들렸는데 소리로 미루어 보아 제법 큰 용량의 질소가 충전된 포장일 것 같다.

"맹그로브를 말하는 거 같구나. 염분에 강해서 바다에서도 살 수 있는 거란다."

돌아서려는데 뻥, 소리 끝에 할아버지의 목소리가 들렸다.

"맹그로브요?"

할아버지의 성성한 백발과 하얀 안대가 잘 어울렸다. 사람 사는 걸 보면 깨달음을 얻은 사람은 살아가면서 감내할 게 많아 보인다. 할머니는 과자 봉지 두 개를 터뜨리고 튀어나온 과자 하나를 입에 넣는 중이었다. 맛을 보려고 일부러 터뜨린 건 아닌지 미심쩍었다. 할아버지는 묵묵히 나를 바라보고 있었다. 어쩌면 할아버지는 깨달은 것이 많아서 어려움을 극복하는 일이 쉬울지도 모른다.

"그런데요. 그 나무, 문제가 있는 거 아니에요?"

"그냥 눈으로 보면 그렇지. 문제가 있는 건 아니다."

할아버지의 낮은 음성이 듣기 좋았다.

"뿌리로 숨을 쉬거든. 그래야 사니까. 천연의 방파제 역할도 한다. 자연재해로부터 오는 피해를 줄여주는 거지."

"정말로요?"

그렇게 큰 역할을 한다는 것에 나는 깜짝 놀랐다.

"그럼."

할머니는 터진 과자 봉지의 배를 갈라 아예 좍 펼쳤다. 할머니는 귀여운 구석이 있었다. 처진 눈꼬리에 매달려 있는 주름살이 얼굴선을 따라 여러 개의 동그라미를 그렸다. 나에게 먹으라고 손짓을 한다.

"감사한데요. 제가 지금 그럴 기분이 아니에요."

할머니는 나를 바라보다 이내 한주먹 가져가라는 시늉을 해 보인다.

"정말 괜찮아요."

과자를 정중하게 거절하고 개미슈퍼에서 나와 걸어가면서 나는 할아버지의 말을 생각했다. 문제처럼 보이지만 거기엔 어떤 진실이 있다. 이해하기 어려운 말이긴 한데 주변을 살피고 시야를 넓히니 여기저기에 진실이 있었다. 나무의 뿌리가 밖으로 불거진 이유가 숨을 쉬기 위한 거라면 아버지의 꽃, 유성이의 호루라기, 해조의 발걸음에는 어떤 진실이 있는 걸까.

우리는 서로의 뿌리를 얽어 동이고 매어 살아간다. 맹그로브는 그렇게 군락을 이루어 바다를 육지로도 만든다고 한다. 그럼 살 수 있는 토대를 더 넓힐 수도 있을까. 파랑을 막아 해안을 보호하는 방파제 역할도 한다니 맹그로브는 능력 있는 나무였다.

*

바다에 사는 맹그로브였을까. 나는 어디선가 창문을 열고 고래를 기다리다 바다 한가운데 서 있는 나무들을 보았다. 하늘의 별을 배경으로 나무는 색을 바꾸며 자라고 있었고 그 모습이 마치 양팔을 벌리고 서 있는 친구들 같았다.

내가 모닝콜을 하기 위해 코드명을 입력했을 때였다.

"바다에 가는 꿈을 꿨어."

유성의 목소리가 먼저 들려왔다.

"난 바다가 꿈에 나왔다."

나는 대꾸하면서 다른 말을 할 걸 그랬다는 후회가 들었다.

"누군가 전파를 보냈어."

"전파?"

"초신성이 폭발하면 내부에서 그 중심핵이 붕괴하고 압축되어 중성자별이 형성된대. 중성자별은 블랙홀과 사촌지간이야."

"친한 사이야? 가까워?"

"아니. 질량이 태양의 두 배가 넘으면 중성자별이 빛도 못 빠져나가는 블랙홀이 되거든. 그런데 중성자별은 큰 특징이 있어. 바로 강력한 자기장이 존재하기 때문에 전파를 방출해. 이렇게 전파를 방출하는 천체를 펄서라고 해. 들어봤어?"

"못 들어봤어."

"어떤 학생이 규칙적으로 전파를 발사하는 천체를 발견한 거야. 휴이시라는 교수는 이 전파를 우주의 어느 곳에서 외계인이 보내온 거라고 생각해서 작은 녹색 인간 1호라고 이름을 붙였대."

"진짜 외계인이 보낸 전파였어?"

"아니라고 했지만 그건 모르지. 나는 간밤에 봤어. 바다의 하늘에서."

"외계인을?"

"펄서를. 내게 전파로 소식을 전하는 거야. 빨리 돌아오래."

"돌아가려고? 야 삐딱, 이제 멀리 가지 마. 모두 지구로 올 테니까."

지구로 돌아온 유성은 바다를 바라보며 친구들을 그리워했을까. 그러다 가슴에 무언가 충돌했을지도 몰랐다. 해머 프로젝트. 방법을 생각해봤지만 머리에 여러 갈래의 뿌리가 자라는 것처럼 방향을 잡을 수 없었다.

삑삑.

호루라기 소리가 들린다. 곁에 다가가 함께 걸으니 우리의 뿌리가 서로 어깨동무를 한 것 같은 기분이다. 공부를 열심히 하는 걸까? 눈이 팅팅 부은 녀석은 말이 없고 귀청이 떨어져 나갈 정도의 호루라기 소리만이 요란하다.

"너, 맹그로브 알아?"

"뭐?"

녀석도 분명 처음 듣는 단어일 것이다.

"맹그로브."

"몰라."

모른다는데 왠지 기분이 좋아졌다. 그런데 녀석은 그게 뭐냐고 묻지 않는다. 모르는 걸 왜 안 물어보냐고, 무식하면 알려고 해야지, 라고 말할 수는 없다. 어제 꿈에서 본 친구들 모습이 마치 바다에 서 있는 맹그로브 같았다고 말하려다 말았다. 나는 다른 얘기를 꺼냈다. 그저 명랑하게 내가 궁금한 걸 물어보는 거다.

"언제, 누구였어?"

사실 나는 종일 녀석을 기다렸다.

"뭐가?"

"사귀어봤다며."

나는 녀석을 놀리는 투로 말했다. 이상하다. 진지해지는 건 싫어도 장난스럽게 말하고 싶지는 않았는데 이런 식으로 말이 나갔다. 유성이 언제 누구와 사귀었는지는 그다지 궁금하지 않다. 연애에 있어서 선배니까 조언을 구하고 싶었을 뿐이었다.

무슨 말을 해야 하는지, 말을 한다면 재미있게 해야 하는지, 의미 있게 해야 하는지, 말을 못 하는 나는 되도록 말을 하지 말아야 하는지, 어떤 표정을 지어야 여자 친구가 멋있다고 생각하는지. 궁금한 게 많았다. 녀석은 여자 친구에게 어떻게 했을까.

"여태 그 생각이냐?"

사람 피곤하게 한다는 식으로 녀석이 피식거린다. '여태'라는 단어가 이렇게 기분 나쁜 말인 줄 몰랐다. 하지만 나는 참았다. 그 생각을 여태 했다고도, 지금 문득 했다고도 할 수 없었다.

"사람에게는 문이 있다. 억지로 그게 열리겠어?"

녀석의 말이었다. 이건 또 무슨 얘긴가. 나는 귀가 솔깃했다.

"응? 그럼 사귄 게 아니고 너 혼자 좋아한 거였어?"

나는 점점 흥미진진해졌다. 잘생긴 녀석도 사랑을 받기만 한 건 아닌가 보다.

"차였네. 맞지? 맞지?"

나는 낄낄거리기 시작했다. 그러지 않으려고 했는데.

"너, 닫히는 문에 끼겨봤어?"

녀석이 묻는다.

"뭐?"

"딱 그 기분이다. 아픈데 무안해서 울지도 못한다."

시종일관 심오한 표정으로 말을 하면서 정작 내가 알아들을 수 있도록 설명할 때는 유치한 예를 들고 있다. 나는 왠지 기분이 언짢았다. 겨우 문에 끼겨봤냐고? 물론 닫히는 엘리베이터 문에도 교실 문에도 끼겨봤다. 하지만 겨우 그런 기분일까. 날 뭐로 보고. 그러나 웃음을 멈출 수는 없었다.

"그렇게 울고 싶었어?"

대답은 하지 않고 녀석이 하늘을 가리켰다.

"우주로 가는 지름길을 알아. 블랙홀. '얼어붙은 별' '붕괴한 별'이라고도 불러. 시공간의 무서운 구멍이라고도 말하는데 사실 블랙홀은 에너지 탱크야. 태양과 같은 별 천억 개 정도가 낼 수 있는 에너지를 갖고 있지. 하나의 블랙홀이 다른 은하에 있는 블랙홀과 이어진다면 그 통로를 통해 우주로 갈 수도 있어."

녀석은 이 순간에도 우주 얘기다.

"하필 그 구멍을 웜홀Worm hole이라고 한단다. 벌레 구멍."

삑삑. 녀석이 호루라기를 불었다.

"그림을 아주 잘 그리던 친구였어. 나 혼자 좋아했는데 그것만으로도 좋았다. 지금은 그럴 수 없어. 지구로 돌아오지 않았으니까."

나는 고개를 떨구었다. 녀석의 눈을 바라보지 못했다.

"우주로 가지 않더라도 연락하고 싶으면 연락하고 보고 싶으면 볼 수 있지 않을까?"

내가 묻자 유성이 물끄러미 바라본다.

"기억하면."

내 말에 녀석이 살며시 미소를 지었는데 슬픈 미소였다.

"우리가 바라보는 별은 지금 모습이 아니잖아. 이미 없어진 별일 수도 있어. 별빛이 달려오는 동안 시간이 흘러서 예전 모습을 우리가 보고 있는 거야. 어떤 건 지구가 존재하기도 전의 모습이래."

"그래."

"기억도 그렇잖아. 마치 타임머신을 타고 과거로 날아가는 거와 같아."

"기억의 타임머신."

"은하에는 수천억 개의 별이 있다면서. 별들도 사람처럼 태어나고 늙고 죽는다잖아. 갓 태어난 어떤 별에서 친구들이 하늘을 바라보며 지구를 찾고 있을 거야. 우리가 별자리를 헤아리듯이."

오늘은 내가 우주 얘기를 더 많이 하고 있다.

"오리온성운일지도 모르겠다. 별이 탄생하는 영역이니까. 나비가 날개를 펼친 듯한 아름다운 모습이야."

삑삑.

"지구로부터 1,500광년 떨어져 있는 곳인데 지금도 별이 조용히 만들어지고 있어. 초신성이 폭발하고 원소가 합성되고 …… 그리고 별이 형성돼."

삑삑.

유성이 부는 호루라기가 예사롭지 않게 보인다. 하나 살까 하는데 색상과 디자인이 얼마나 다양한지 궁금했다. 이상한 소문 때문인지 다음 주에 해조는 이사한다고 한다. 그전에 선물할 생각이다. 해조에게도 호루라기 소리가 좋을 것 같다. 친구가 곁에 있다고 생각할 수 있을 테니까.

"근데 너, 맹그로브가 무슨 역할을 하는지 알아?"

"몰라."

녀석이 마음에 드는 건 모르는 걸 모른다고 열 번도 백 번도 말할 수 있는 놈이라는 점이다. 그러나 다른 때와 달리 이상하게 울적한 기분이었다.

"천연의 방파제. 알아둬라."

나는 녀석에게 말했다.

"내가 불까?"

녀석이 건네주는 호루라기를 불었다.

삑삑.

양팔간격으로 멀어져 있는 친구들이 지금도 곁에 있다고 생각할까. 유성을 바라봤다.

"너, 머리 커트했냐? 웃기려고? 감자처럼 생긴 소행성에 올려놓은 냄비 뚜껑 같다 야."

나는 기껏 이렇게 말했다. 사실 곤두선 머리보다 훨씬 보기 좋았다. 울적한 녀석에게 기분 좋아지는 말을 해주고 싶었는데 역시 난 표현이 어렵다.

"새끼, 남 말 하네."

녀석이 내 머리통을 한 대 치고는 또 쳤다.

변신

    수학 시간 내내 아이들의 표정이 시무룩하다.

    "인생과 마찬가지다. 이해가 안 되면 이해하지 말고 그냥 받아들여라."

    수학 선생님의 말씀이었다. 어려운 학문이라 나름 명쾌한 방법을 제시한 거겠지만, 수학에 비유하니 인생이 더 어렵게 느껴졌다. 포기는 하지 말라는 뜻인 것 같은데 말이 안 되는 얘기였다. 수학은 인생처럼 힘들어도 꼭 살아야 하는 게 아니니까. 저럴 땐 머리가 안 좋은 것 같다. 수학 선생님이라고 꼭 머리 좋다는 법은 없다. 졸던 아이들은 여전히 졸고 있고 선생님은 그런

심오한 이야기를 하면서도 아이들을 깨우지 않았다.

근과 계수와의 관계

$ax^2+bx+c=0$ $(a \neq 0)$의 두 근을 α, β라 할 때,
두 근이 α, β인 이차방정식의 형태는 $x^2-(\alpha+\beta)x+\alpha\beta=0$

눈이 핑글핑글 돌았다. 속을 알 수 없는 선생님은 어제처럼 그
제처럼 칠판 가득 수식을 채웠다. 자기 말을 뒷받침이라도 하듯
이해를 돕는 세심한 설명은 하지 않았다. 혹시 선생님도 모르는
게 아닐까. 학생들이 질문이라도 할까 봐 진도를 막 나가는 건
지도 모른다. 반복 학습도 없다. 선행학습이 도움 되지 않는다
는 것도 모르나 보다.

일주일에 네 번의 수학 수업이 있다. 기다리지 않아도 선생님
의 얼굴을 봐야 하는 시간은 어김없이 돌아왔다. 그저 받아들여
야 한다고 생각했다. 머리 안 좋은 선생님의 말씀대로, 인생은
하기 싫은 걸 하면서 배우기도 하니까.

학교 내에 수학 선생님과 국어 선생님의 결혼 소식이 공공연
하게 퍼졌다. 국어 선생님은 무슨 생각일까? 속을 알 수 없는 사
람과 함께 살다가는 숨이 막혀 죽을지도 모르는데. 좋으면 좋다

고 내색하고 싫으면 싫다고 표현하는 사람이 편하다. 문제는 조금 유치하고 미성숙해 보인다는 거지만. 그러고 보니 내 얘기 같다.

국어 선생님의 결혼 결심은 옷 입는 스타일처럼 무모했거나 과감했거나 둘 중 하나다. 언젠가부터 국어 선생님은 목까지 올라오는 티셔츠를 입고 다녔다. 요즘 유행하는 패션일 거라고 생각하며 그런 유행이 빨리 지나가기를 바란 건 나뿐이 아니었다.

개중에는 티셔츠 안에 남아있을지도 모르는 어떤 마크를 상상하는 아이들도 있었는데 그건 조금 섬뜩했다. 수학 선생님이 낳고 낳은 벌레가 국어 선생님의 눈을 뱅글뱅글 어지럽게 만들어 생각을 방해한 건지도 모르는 일이다.

수학 선생님은 무릎이 튀어나온 정장 바지를 입고 누군가 수학 문제를 물어봤는데 도무지 푸는 방법을 모르겠다는 얼굴로 사랑 고백을 했을지도 모른다. 심각한 사람은 자존심이 상할 때나 사랑을 표현할 때나 표정이 비슷할 것 같다.

국어 선생님은 스타일이 답답해진 대신 말투는 한껏 여성스러워져서 애교 섞인 코맹맹이 소리로 수업을 하기도 했다. 우리에게는 국어 시간마저 이해할 수 없는 시간이 되어버렸다. 과목 자체가 헷갈리는 내용을 담고 있긴 했어도 이 정도로 의욕을 떨어뜨린 건 아니었는데 지루하고 졸렸다. 주관적인 생각이나 감정은 뒤로 미루고 정해놓은 뜻과 의미를 딸딸 암기한다. 그 후 로봇처럼 문제를 푼다. 우리를 말 잘 듣고 암기력 뛰어난 로봇으로 만들고자 하는 걸까. 관심사가 사라져 버리니까 진짜 로봇이 된 듯했다.

어느새 칠판엔 벌레들이 가득하고 수학 선생님의 주문은 계속되었다. 긴 거, 납작한 거, 뚱뚱한 거, 홀쭉한 것들이 움직임 없이 붙어있다. 선생님의 튀어나온 무릎에도 하얀 벌레들이 꿈틀거리고 있었다. 어딘가에 웜홀이 있을지도 모른다. 벌레 구멍.

수학 공식으로 가득한 칠판 한구석이 발광한다. 블랙홀인가? 빛의 속도로 무엇이든 흡수하고 어마어마한 빛을 발하는 별. 저 블랙홀을 이어주는 통로를 따라가면 우주로 가는 지름길이 나올지도 모른다. 헉! 혹시 수학 선생님이 외계인?

녀석도 수업 중에 나처럼 외계인을 떠올린 걸까? 벌레를 봤나? 내가 해코지라도 할까 봐 정식이는 나를 경계하고 있었다.

조용하던 동네에는 누가 경찰서를 들락날락했는지, 어떤 알리바이로 자신이 결백하다는 것을 증명했는지에 관한 말들이 떠돌았다. 사건의 용의선상에 올랐다는 사실만으로도 사람들은 시끄럽게 이야기했다.

"사람들이 변신해."

정식이 나를 꼬나보며 말했다.

"형은 어떻게 생각해요?"

묻는 녀석은 소화불량에라도 걸린 표정이다. 어떻게 생각하는지가 궁금한 게 아니라 내가 생각이란 걸 하는지가 궁금한 것 같았다. 기분이 나빴다.

"변신한다고?"

남자답지 못한 정식에게 너그럽지 못한 감정이 있는 건 사실이다. 그러나 쉬는 시간에 녀석을 불러낸 건 다른 이유에서였다. 평소 여자아이들과 사이가 좋은 정식이에게 해조에 관한 얘기를 듣고 싶었다. 떠도는 소문이 있었는데 해조가 어떤 사건 때문에 학교를 그만둔 것이며 전학도 그래서 가는 거라고 했다. 누군가 나쁜 짓을 저질렀을지도 모른다는 거였다. 나는 해조의 얼굴만 보았을 뿐, 언제 전학을 가는지 어디로 이사를 하는지 알 수가 없었다. 그렇다고 해조를 만나 다정하게 물어볼 수도 없는 일이다. 소문 따위는 중요하지 않다. 난 그저 해조가 궁금한 거였다.

"무슨 트랜스포머야?"

트랜스포머라면 관심이 가는 이야기다. 변신하는 영웅들이 아주 멋져서 그야말로 감격이 벅차올랐었다. 녀석이 고개를 절레절레 흔든다.

"아니, 아니."

내 수준이 못마땅한 눈치다.

"프란츠 카프카의 『변신』이라는 책 읽어봤어요?"

녀석의 책 얘기에 나는 스트레스를 받기 시작했다. 내 성질 건드려서 좋을 건 없을 텐데. '변신'이라는 책 제목은 들어본 것도 같다. 녀석의 태도는 맞을 각오를 한 것처럼, 그러나 반드시 할 말은 해야겠다는 듯 단호했다.

"책은 왜?"

겁을 먹지 않도록 나는 최대한 성질을 죽이고 물었다.

"책에 보면 주인공이 어느 날 해충이 되었어. 형."

나는 형이라는 호칭에 형답게 굴어야겠다는 생각이 들었다. 정식도 수학 시간에 벌레가 된 수식에 시달린 모양이다. 녀석이 하려던 이야기를 실컷 할 수 있도록 나는 잠시 잠자코 있었다. 이 시간 이후 어떤 상황이 벌어질지 모른다. 나도 가끔은 나를 모를 때가 있는데 주먹질이나 발길질이 제멋대로 뻗어나갈 때는 이성을 잃을 때다.

"변신한 거야."

"해충으로?"

순간 호기심이 일었다. 하지만 자존심이 허락하지 않았다.

"그런데?"

주인공이 기생충으로 변하든 곤충으로 변하든 나랑 무슨 상관이야. 나를 세워두고 다른 건 물어보지도 못하게 분위기를 만들고선 녀석이 꾸물거린다.

"내가 무슨 말 하려는지 몰라요?"

"아, 답답해. 무슨 말이야?"

최대한 화를 참으며 물었는데 녀석은 대꾸가 없다. 밑도 끝도 없는 얘기를 해놓고 정식은 내 눈치도 보지 않았다. 눈을 똑바로 뜨고 제 할 말만 하려는 것 같았다. 뭔 뚱딴지같은 소리야. 그러나 아무래도 좋았다. 나는 녀석에게 물어볼 말이 있으니까. 조금만 더 들어보자는 생각이었다.

"그레고르 잠자는 그런 자신을 부끄러워했어."

"누가? 주인공이? 괜찮은 해충이네."

"형도 변신 중이야."

"나?"

"안 부끄러워?"

녀석이 나를 불쌍하다는 듯 바라봤다. 나는 피식 웃으며 이 사이로 침을 뱉었다. 한 대 맞은 기분이라 머리가 아팠다. 재미가 너무 없어서 웃는 것뿐이라고 말하고 싶어서 인상을 구겼다.

집요한 구석이 있는 녀석에게서 이상한 냄새가 났다. 해충을 박멸하는 스프레이가 떠올랐다. 분무기의 구멍 같은 입을 나를 향해 내밀었는데 녀석의 눈빛과 말이 내게 분사되는 느낌이었다. 나는 어이없다는 듯이 고개를 갸웃거리다 찌뿌둥한 어깨를 돌렸다. 팔꿈치가 녀석의 이마 쪽을 향했다.

"내가 왜?"

나는 이 상황을 빨리 끝내고 싶었다.

"정말 몰라? 웃긴다."

정식의 느릿느릿한 말투에 짜증이 났다. 녀석은 한심하다는 얼굴로 나를 쳐다봤다. 내가 웃긴다는 녀석의 예의 없는 말에 마음이 뒤죽박죽 꼬이고 있었다. 이러면 지는 건데. 지지 않으려고 나는 정신을 똑바로 차렸다.

"야, 뭐가 웃겨? 내가 우스워?"

신경질이 뻗쳤다.

"우리 반 아이들이 지렁이가 되었으면 좋겠어요?"

"아니."

나는 인상을 찡그렸다. 밟으면 꿈틀하는 지렁이. 상상만 해도 징그러운 광경이었다.

"그럼 도마뱀이 되어줄까?"

"아니."

꼬리가 밟히면 끊고 도망가는 도마뱀도 징그럽기는 마찬가지다. 그런데 지렁이 도마뱀이 왜 나오지? 내가 밟기라도 했단 말

인가? 입안에 그러모은 침을 또 뱉었다. 찍. 침이 하필 턱에 흐
르고 있다. 소매로 쓱 닦았다.

"본론만 말해!"

나는 언성을 높였다.

"그만 괴롭히라고. 형, 별명이 뭔지 알아요?

"누구, 나?"

손가락으로 내 얼굴을 찌를 듯 가리켰다. 녀석이 재빨리 고개
를 끄덕인다.

"미친 소."

나는 황당해서 울 뻔했다. 미친 소가 나의 별명이란다. 그러니
까 칠판에 적혀있던 미친 소는 나였다. 가슴에서 욱, 하고 치미
는 게 있었지만 침착했다. 이런 얘기를 늘어놓는 정식을 한 방
에 날려버릴까도 생각했지만 참았다. 이럴 때 성질을 낸다면 나
는 결국 미친 소가 되는 거니까.

"꺼져."

더 들어봤자 좋을 것이 없을 것 같았다. 정말 미친 소가 되어
머리로 녀석의 가슴팍을 들이박을지도 몰랐다. 내가 웃긴 걸 여
태 모르고 있었던 걸까. 나는 정말 정식이 말대로 변신한 걸까.
해조 얘기는 꺼내지도 못한 채 정식에게 내 앞에서 빨리 사라지
라는 턱짓을 했다. 헷갈리기도 하고 왠지 모를 창피함 때문이

었다.

녀석이 뒤돌아 후다닥 뛰어간다. 목적을 달성한 남자의 모습치고는 그저 그랬지만 정식은 최대한 용기를 낸 것이 확실했다. 아이들을 대신하여 사람들의 변신에 비유해가며 나를 한 방 먹인 거다. 나는 꼼짝할 수가 없었다. 쟤는 언제 저렇게 대담해진 걸까. 책과 친하게 지내고 여자아이들과 자주 어울리다 보면 생기는 자신감인가.

녀석의 변신 이야기는 내게 생각할 거리를 주었지만 뭔가 부족했다. 소통을 무시한 점. 나니까 그래도 이 정도 알아들은 거다. 책벌레들에게서 나타나는 부작용일 것이다. 저 녀석에게는 책의 첫 장이 블랙홀이고 마지막 장이 화이트홀인가? 읽는 동안 벌레 구멍을 통과한다. 헉! 녀석도 외계인? 책을 사랑하는 외계인. 어쩐지 남다르게 읽더라. 외계인 눈에 나는 미친 소. 배트맨도 아니고 슈퍼맨도 아니고 미친 소라니.

녀석은 많은 책을 읽으며 시간 여행을 하는 게 아닐까. 정식이도 우주에 가려고 열심히 공부하고 노력하는 중일지도 모른다.

드릴 탐사선

　유성이와 어두운 밤하늘을 바라보았다. 맑은 날엔 밤에도 파란 하늘을 볼 수 있는데 요즘은 그런 날씨가 드물다. 하늘에 별은 전혀 보이지 않고 차들의 전조등과 건물의 불빛마저 희미할 뿐이다.

　"별 보고 싶다."

　"나도."

　"반짝거리는 별을 우리가 어떻게 볼 수 있는지 알아?"

　유성이 물었다.

　"별이니까."

"우리의 시선과 별 사이에 공기가 가로지르기 때문이야. 공기가 렌즈 역할을 하거든."

"그렇구나. 지금은 공기가 렌즈 역할을 하지 못하는 거네."

"맞아. 우리가 지구를 제대로 지키지 못하고 있는 거겠지. 화성은 초기에 호수가 있고 심지어 바다도 있었대. 근데 지금은 춥고 건조해. 물이 있을 수가 없는 기후야."

"왜 변한 거지?"

"언젠가 화성에 살았던 생명체가 화성을 지키지 못한 게 아닐까?"

녀석의 이야기를 들으며 나는 화성에 살던 외계인의 모습을 상상해봤다. 어쩐지 우리와 닮았을 것 같다.

"화성을 뚫어라! 드릴 탐사선 '인사이트'를 실은 아틀라스 V 로켓이 화성으로 발사됐어. 지하 탐사 장비들을 장착하고."

유성이 말했다.

"화성의 엘리시움 평원에 무사히 착륙해서 지금은 땅을 파고 있대."

"화성을 뚫어? 진짜로?"

"기존의 탐사선들은 지표면 물의 흔적이나 토양을 조사해서 생명체의 흔적을 찾는 거였어. 하지만 인사이트는 달라. 지하 탐사가 목적이야. 지진과 지열을 측정해서 내부 구조와 특징을 알아내는 거야. 그것을 자료로 전초기지를 세울 거라고 해."

유성의 설명을 들으면서 나는 궁금한 게 있었다.

"사람의 속마음을 뚫는 탐사선도 개발할 수 있을까?"

내가 물어도 유성은 아무런 대꾸가 없었다. 동네에서 벌어진 사건을 녀석도 알고 있을 것이다.

"혈압과 맥박을 측정하고 내장 기관을 살펴보고 혈액을 채취해서 누군가 나쁜 생각을 하는지 알 수 있도록 말야."

*

개미슈퍼 아저씨가 혐의자로 조사를 받고 가게에 돌아와 있었다. 초췌해진 얼굴에 입꼬리에만 듬성듬성 수염이 자라 있다. 아저씨는 조사받을 당시 자신은 이런 일과는 무관하며 비록 코딱지만 한 소매업을 하고는 있으나 이상한 마음을 먹어본 적도 없고 하물며 상상조차 하지 않았다고 초지일관 결백을 주장하는 가운데 이런 진술도 했다고 한다.

장사하면서 손님들에게 친절했고 손님들이 하는 이야기를 들어주고 원하는 걸 팔았을 뿐이라고. 간혹 친근하게 접근하는 여자가 있어도 모르는 척했으며 누군가의 이상한 요구는 단박에 물리쳤다고.

며칠 전엔 문구점 아저씨가 조사를 받았다. 그런데 문구점 아저씨도 슈퍼 아저씨와 비슷한 말을 했다. 오히려 누군가의 유혹을 받았는데 두려움이 앞섰다고. 자신은 가정에 충실한 가장으로서 부끄러운 일은 절대 만들지 않았으며 좁은 동네에서 사람 병신 만드는 이런 수사는 말도 안 되는 처사라고 되레 경찰관들을 훈계했다고 한다.

부동산 앞에 사람들이 몰려들어 있었다. 단독주택의 주차장을 상가로 개조한 곳이었는데 간판이 심하게 기울어져 폭삭 허물어질 것처럼 보였다. 함께 살아가자는 의미로 '공생'이라는 간판을 걸지 않았을까 하는데 좋은 취지가 무색하게 '공'의 받침이 떨어져 나가 있었다. 어차피 서로 돕고 살자는 의미를 무참히 밟아버린 건 공생을 내걸었던 아저씨였으니까.

기습적으로 던질 돌멩이를 집어 든 사람도 있고 계란을 판째로 준비한 사람도 있었다. 문이 열리고 부동산 아저씨의 모습이 보였다. 일순 잠깐의 정적이 흐른 후 시끌벅적 여기저기서 소리가 쏟아졌다. 간판이 더욱 기울었다.

"에이 더러운 놈, 네가 그러고도 사람이냐!"

가시 돋친 말들이 터져 나왔다.

"그러고도 고개 들고 살았어?"

지지부진하게 조사가 진행된다고 생각했는데 물밑에선 꽤 진

척이 있었던 모양이다. 현장 조사가 몇 차례 이루어지고 여러 의혹과 진술들을 종합하고 개인마다 내놓은 알리바이를 검증하여 수사망을 좁혔으며 마침내 CCTV가 결정적이었다고 한다.

"어디다 그 대가리를 들이대."

어떤 아주머니의 목소리였다. 연행되는 아저씨를 향해 모두 거세게 몰려갔지만 경찰들의 제지로 가까이 다가갈 수는 없었다.

"지금 누구를 보호하는 거야? 대체!"

사람들의 외침이 들렸다.

"법대로만 하면 다야? 젠장."

두 손을 수건에 감싸고 고개를 깊숙이 수그리고 있어서 부동산 아저씨의 표정은 볼 수 없었다. 수치스럽고 창피해서 주춤거릴 줄 알았는데 아저씨의 태도는 침착함을 유지하고 있었다. 언젠가 살인자에게서 보았던 무서운 냉기가 떠올랐다.

날아든 돌멩이 하나가 연행하던 경찰관의 머리에 맞았고 허공에 낮은 포물선을 그리던 수십 개의 계란이 바닥을 향해 곤두박질쳤다. 아플 만도 한데 경찰관은 한두 번 겪어본 게 아닌 모양이었다. 그저 자신의 임무에 열중하는 모습이다.

"말해! 입 있으면 말을 하라고."

누군가 소리쳤다. 경찰차에 오르기 전 부동산 아저씨가 발길을 멈추었다. 그러고는 고개를 숙인 채로 입을 열었다.

"미안합니다."

억양에 감정은 없었다. 짧은 한마디로 자신의 행동을 덮어버리고 있다는 생각이 들었다. 동네 주민들은 하나같이 격한 감정이 되어 한마디씩 말을 뱉었다. 나이가 지긋한 분들은 몸서리치며 혀를 끌끌 찼고 친분이 있던 사람들은 믿을 수 없다며 안타까워했다.

그 누구도 성폭행의 피해자가 누구인지에 관해서는 말하지 않았다. 잘 알지도 못하면서 사람들이 함부로 떠들까 봐 나는 걱정이 되었다. 얼굴을 붉히고 소리를 지르고 삿대질을 하며 침을 뱉는 등 거친 행동이 계속되었다.

저만치 해조의 어머니가 보인다. 화장기 없는 얼굴로 지켜보고만 있었다. 사람들 사이에 격한 감정이 느껴지면서 한편으로는 싸늘하고 집요한 눈길이 구석구석을 돌고 있는 듯했다. 그 눈길이 해조 어머니에게 머무는 건 아닐까. 또 다른 누군가에게 집중되는 건 아닐까. 나는 왠지 그 모든 게 불편하기만 했다.

골목과 골목 사이 튀어나온 전봇대 뒤에 해조의 모습이 보인 것은 내가 막 뒤돌아서려는 때였다. 해조는 어머니를 살피러 온 듯 고개를 이리저리 옮기며 사람들의 얼굴을 확인하고 있었다. 어깨 사이에 고개를 파묻은 채 위축된 모습이었다. 그렇게 허둥거리다 어느 순간 이쪽을 가만히 바라보았다.

해조의 어머니는 악을 쓰거나 소리치지 않고 가만히 지켜보고 있을 뿐이었다. 내가 다시 고개를 돌렸을 때 뒤돌아 뛰어가는 해조의 모습이 보였다. 나는 해조가 천천히 달리기를 바라는 마음이었다. 그래도 된다고 말해주고 싶었다.

　인간의 탈을 쓰고.

　어쩌면 아버지는 그때 이미 알고 있었는지도 모른다. 주민들의 말에 의하면 부동산 아저씨가 제일 먼저 의심을 받았다고 한다. 몸에 있는 점의 모양새가 좀 남달랐는데 그 남다른 것에 관해서 아버지가 진술했다고 한다. 함께 목욕탕에 간 적이 있어서 진술에 거짓이 없음을 밝히느라 아버지는 점의 모양을 그리기까지 했다.

　사건의 전모는 이랬다. 28세 여성, 32세 여성, 50세 여성 그리고 익명의 제보가 있었지만 피해자가 없어 밝혀지지 않은 성폭행 한 건. 확실한 피해자는 모두 세 명으로 밝혀졌고 장소와 접근 방법은 달랐으나 수법은 수면제 사용으로 같았다. 그들의 진술도 아버지와 일치하는 부분이 있었다.

　부동산 아저씨는 아내와 두 명의 자녀를 둔 평범한 가장이었다. 중학생 아들과 고등학생 딸을 둔 아버지라고는 믿기지 않았다. 그 순간에 정신을 잃었던 걸까. 원래는 멀쩡한 사람이었는데 미친 뭐로 변신한 건지도 몰랐다.

가족들은 끝까지 자신의 남편과 아버지를 믿는다는 말을 했다고 한다. 믿음과 사랑이 있는 가정. 내가 아는 그 어떤 내용보다 슬픈 이야기였다. 어디에도 해조에 관한 언급은 없었다. 사람들 틈을 빠져나와 돌아서 가는 내 어깨 위에 누군가 손을 척, 올린다. 유성도 지켜본 모양이었다. 우리는 잠시 아무 말없이 걸었다.

"천체를 파괴하는 충돌과 같아. 누군가의 세계를 부숴버렸으니까."

"그래."

"블랙홀과 지구가 충돌하면 어떻게 될까?"

오후의 햇살이 가만히 내려앉아 있었다. 골고루 비추는데도 어느 곳엔 빛이 고여있고 어느 곳엔 쪼개진 그늘이 생겼다.

"블랙홀의 중력 속으로 빨려 들어간 지구는 산산이 부서져 원래대로 돌아오지 못할 거야."

나는 녀석을 물끄러미 바라보았다.

"지구를 지키는 일은 파괴하는 일보다 더 어려워. 사람도 그렇겠지."

"유성아, 누군가 건강하지 않다면 자주 보고 지겹게 말 걸자. 지구는 외로울지 몰라. 우주의 어둠 속에 있으니까."

"그래서 내가 온 거잖아, 여기. 너에게 말 걸려고."

케이크 속 오돌뼈

옷 가게에 들어가 우두커니 앉았다. 오래간만이었다. 테이블 위에 두 개의 커피 잔이 놓여있었는데 하나에는 붉은 립스틱이 묻어있었다. 하루 권장량 야채주스 아주머니가 막 다녀간 후였다. 언젠가부터 아주머니는 커다랗고 탐스러운 꽃무늬 원피스를 즐겨 입었다. 그러니까 본격적으로 가게의 큰 손님이면서 모델이 된 거나 다름없었다. 큰 덩치가 더 우람해 보이긴 했지만 모델로선 최고였다.

가게 안은 여전히 꽃 가게를 방불케 했다. 색과 종류가 너무 다양하다 보니 어째 산만한 느낌이다. 여인의 모습을 한 마네킹은 그사이 때가 꼬질꼬질 묻어있었고 추행이라도 당한 것처럼 표정에도 그늘이 졌다. 아저씨들이 드나들며 씻지도 않은 손으로 연신 여인의 얼굴과 손을 어루만진 탓이었다. 내가 대신 사과라도 하고 싶었다.

아버지는 안경 낀 눈으로 노트를 오랫동안 바라보았다. 시장에서 산 옷을 얼마에 팔아 얼마가 남았는지 수익을 계산하는 중이었다. 노트에는 매일의 날짜가 적혀있고 꽃의 이름 아래 금액을 적어넣었다. 어떤 날짜는 고개를 비틀고 어떤 날짜는 꼿꼿이 서고 또 어떤 날은 쭈그려 앉은 모습이었고 우울해 보이지 않는 몇 개의 숫자들은 활동적으로 보였다. 귀엽게 입술을 내밀고 있는 숫자. 공손하게 인사를 하는 숫자. 허리를 졸라매고도 웃고 있는 숫자.

어느 날 아버지는 간판을 바꿨다. 분식집의 '먹어' 간판을 지우고 거기에 글씨만 새로 써넣었다. 흰 바탕에 분홍 글씨인 데다 간판 안의 형광등이 엄청나게 밝아 눈에 확 들어왔다.

꽃사왕. 처음엔 무슨 뜻인지 몰랐는데 곧 알아차렸다. 사람들이 의아해 물어보면 아버지는 의미심장하게 웃으며 대답했다.

"꽃을 사랑하는 왕자."

오수사미를 패러디한 거였는데 다소 억지스러웠다. 모방도 기술이란 걸 아버지는 알고 있을까. 근처에서 가게를 하는 아저씨들은 다시 한번 아버지에게 그 한마디를 던졌다.

"자네, 또라이 다 됐네."

어른들도 이런 농담을 할 때면 매우 재미있는 듯했다. 시끄러울 정도로 웃곤 했다.

계산이 오래 걸릴 것 같지 않았는데도 아버지는 심사숙고하고 있다. 약간 들떠있는 모습을 내게 내색하지 않으려는 것 같다. 오늘도 웃는 아주머니 앞에서 아버지는 원맨쇼라도 하는 사람처럼 온몸을 움직였다. 짧은 팔다리 덕분에 율동 자체가 바빠 보였다. 아주 박진감이 넘쳤는데 근래 들어 그때만큼 아버지가 즐거워 보인 적이 없다.

나는 흐드러지게 피어있는 꽃들을 바라보다 몽롱한 기분이 들어 하마터면 옷에 코를 묻고 냄새를 맡을 뻔했다. 색이 바래고 낡으면 낡았지 절대 죽지 않을 꽃.

삶에 대한 집착이 생겼다는 아버지의 말이 이해가 될 것도 같았다. 그러나 죽지 않는 꽃이라니. 삶의 집착이 아니라 죽음에 대한 집착이 더 어울렸다. 나에게도 이런 철학자 같은 구석이 있었나.

"아버지."

말문을 어떻게 열어야 할지, 불러놓고는 머리가 무거워졌다.

우리는 부자지간에 대화가 별로 없다. 순간 아버지가 벌떡 일어나 창밖을 보며 소리쳤다.

"저 여자다."

환호성이라도 지를 듯했는데 어렵사리 부자간 대화를 시도했던 나는 어리둥절했다. 아버지가 가리킨 손가락 끝에 누군가 있었다. 가게 앞으로 해조 어머니가 지나가고 있다. 빨간 동백이 앞뒤로 딱 두 송이 멍울을 틔운 블라우스를 입고서. 아버지는 해조 어머니가 보이지 않을 때까지 움직이지 않았다. 입도 헤, 벌어진 채였는데 넋이 나가 보였다.

"저 여자야."

다시 내뱉고는 그제야 밖으로 뛰어나갔다. 슬리퍼 한 짝은 제대로 끼지도 못하고 질질 끌고 나가다시피 했다. 그러나 더는 쫓아가지 않았다. 아버지는 멍청하게 서서 해조 어머니의 뒷모습을 바라보았다.

아버지가 어떤 여인이 입은 꽃무늬에 정신이 팔리고 삶에 집착이 생겼다는 말을 했던 게 떠올랐다. 그 사람이 다름 아닌 해조 엄마였다니. 허탈한 얼굴로 아버지가 가게 안으로 돌아왔을 때 나는 그 사람이 해조의 어머니라고, 사는 집을 알고 있고 연락처도 알 수 있다고 말하지 않았다. 아줌마에게는 딸이 있는데 이름은 해조이고 같은 반이었다는 사실도. 그리고 나와 잘 아는 사이라는 것도 침묵했다.

"공주와 닮았다."

아버지의 공주는 어디선가 공주가 된 아내일 것이다. 아버지가 힘들지도 모른다. 그 사람 앞에서는 말도 못 할 게 뻔하고 행동도 자연스럽게 보여줄 수 없을 것이다. 무엇보다 죄책감과 그리움 때문에 아버지가 웃음을 잃어버릴까 봐 걱정되었다. 아버지는 하루 권장량 야채주스 이외에 양파즙과 복분자즙을 매일 마셨다. 누군가를 위해 갈아 만든 주스를 챙겨주는 건 사랑이 필요한 일이다. 그런 사람 곁에서 감사한 마음을 갖고 산다면 아버지의 아픔이 조금은 치유될지도 모른다.

밤에 누군가 골목에서 고래고래 고함을 질렀다. 가만 들어보니 노랫소리였다. 아버지의 목청이 아니길 바랐지만, 틀림없었다.

너는 아느냐 나의 가슴에서 피고 진 꽃을

자주 들었는데 무슨 노래인지는 모르겠다. 나는 신발을 끌고 계단을 내려가 문밖에서 기다렸다.

그 곱던 꽃송이 지금은 어디에 있을까

아버지의 노래 속에도 어김없이 꽃은 나왔다. 아버지는 검은 그림자를 매달고 휘청휘청 걷다가 이리저리 기웃거리며 뭔가를 찾고 있었다. 그러다 아버지가 고꾸라질 듯 대문 앞에 주저앉았다. 제정신이 아닐 정도로 고주망태인데 이토록 술을 마시고 집은 어떻게 찾아오는지 의문이다. 정신이 나가면 아마도 두 다리가 알아서 집을 찾아오는 모양이었다. 그야말로 인체의 또 다른 신비다.

아주 이가 갈린다.

경찰 조사를 받고 나온 아버지의 한마디는 심리적인 걸 표현한 말로는 최고였다. 어떤 감정 상태인지 즉각 느껴지니까. 그런데 뭐에 이가 갈린다는 건지는 복잡했다. 그런 죄를 저지른 범인일 수도 있고 홀아비인 아버지를 의심의 눈초리로 바라보며 심문하던 경찰관일 수도 있고 이런 일에 분노와 슬픔을 느끼는 자신일지도 몰랐다.

평소 말할 때 아버지는 주어를 빼먹고 종종 목적어를 생략했다. 누구의 일인지 언제 적 일인지 그게 대체 무슨 일인지 단번에 알아들을 수 없었다.

아버지와 나는 자주 이렇게 대화를 나눴다.

"누가요?"

"너는 왜 이렇게 말을 못 알아듣냐?"

"뭘요?"

"방금 얘기했잖니."

"언제요?"

"또 얘기해야 하냐?"

알아듣게 말하라고 부탁도 하고 가끔은 흉을 보기도 했는데 그럴 때마다 아버지는 내 시선을 피하면서 나에게 덮어씌웠다.

아버지의 말하는 방식은 이미 습관이 되어버린 것 같았다. 이제 나는 아버지와의 대화에서 육하원칙을 따지지 않게 되었다. 누가, 언제, 어디서, 무엇을, 왜, 어떻게 했는지 모르는 채 그냥 들었다. 간혹 아버지가 정상으로 보이지 않았는데 그럴수록 나는 정상을 회복해야 했다.

인간의 탈을 쓰고.

힘겹게 2층까지 올라간 후 땅바닥을 향해 고개를 주억거리며 중얼거린다. 아버지를 부축해 일으켰다. 관두라는 식으로 팔을 뿌리치고는 한 발 한 발 들어 올려 계단을 올라간다. 현관문을 지나 방으로 들어갔다. 알 수 없는 말을 하고는 아버지가 흥얼 흥얼 다시 노래한다.

나의 가슴속에서 피고 진……

아버지의 노래는 한이 담긴 듯 처량했다.

"저런 것들 때문에 꽃이 죽었다."

아버지의 눈썹이 팔자로 기울어지고 처진 입이 벌어지면서 해쓱한 눈에 눈물을 담았다.

"아니, 아니, 내가 지켜주지 못해 꽃이 죽었다."

술을 마시면 하는 고백이었다. 아버지의 슬픔에 내가 슬퍼져도 화를 낼 수는 없다. 아버지에게 아내는 꽃이었다. 박꽃. 해마다 박이 열리는 집에서 박꽃이 필 무렵에 태어난 어머니.

돌아올 수 없는 곳으로 떠났다는 말 대신, 집을 나가버렸다고 말하는 것이 아버지는 덜 아팠을 것이다. 어디선가 공주가 되기를 바랐을 테니까. 아버지는 왕자의 키스에 다시 깨어나는 공주를 바랐을지도 모른다. 다시는 만날 수 없다고 말하는 대신, 언젠가 만날 수 있다고 말하는 게 나를 덜 아프게 하는 길이라고 생각했을 것이다.

나는 창공을 바라보았다. 무한한 세상 어딘가, 우리가 모르는 곳에서 살아가는 사람들이 보이는 듯했다. 영원히 헤어졌어도 언젠가 만나게 될 사람들이 있는 그곳은 상상으로 내가 그리던 세상이었다. 요즘은 맹그로브를 떠올린다. 튀어나오고 흉하게 불거진 뿌리를 서로 얽어 엮은 나무들. 사람들이 살아가는 모습도 그와 같을지 모른다.

"네 엄마 기억나니? 하긴 너무 어릴 때다."

아버지가 울먹이고 있다. 저런 얘기를 하고 싶어서 술을 마신 건 아닐 거다. 술을 마셔도 자신이 무슨 말을 하는지 알 수 있으면 좋겠다고 바란 적이 있지만, 그건 위험한 일이다. 조바심치며 가슴에 묻어두었던 이야기까지 한 걸 알면 아버지의 심장에 금이 갈지도 모른다.

"아니요."

"미안하다."

내 이름에 관해 전해 듣던 이야기. 잔소리 많던 공주가 등장하는 동화 같은 이야기. 가게 안의 그 많은 꽃들. 죽지 않는 꽃들. 모든 것이 아버지의 그리움이라는 것을 나는 모르는 척하고 싶었다. 아버지는 아픈 걸 나와 나누고 싶지는 않을 테니까.

머리를 감싸고는 천장과 벽 사이를 바라보며 아버지가 신음한다. 15년 전, 요즘보다 더 푸른 봄날 아버지는 아내를 잃었다. 아내는 남편에게 미안하다는 글을 써놓았다. 사랑한다는 말은 차마 쓰지 못했다. 폭행은 그렇게 누군가의 삶을 멈추게 했다.

아버지는 오랫동안 조사를 받았다. 아내의 마지막 모습을 목격한 아버지는 그 순간을 떠올려야 했고 계속 진술해야 했다. 누군가의 악력에 피멍이 든 아내의 온몸과 하얀 얼굴. 그대로 마르고 굳어버린 눈물 자국마저. 말을 할 때 종종 주어를 빼먹고 목적어를 생략하는 건 아버지가 많이 아팠기 때문이다. 사실을 분명하게 말하는 건 너무 어려운 일이니까. 아버지가 손등으로 입가의 침을 닦았다. 누군가와 싸움이라도 한 건지 아버지의 한쪽 뺨이 탱탱하게 부어올라 있었다.

"누구랑 싸웠어요?"

"나랑. 나하고 싸웠다."

어깨를 젖히고 팔을 꺾어 옷을 벗으며 아버지가 말했다. 뜻대로 움직여지지 않자 몸을 뒤틀고 옷을 쥐어뜯는다. 내가 거들어 겉옷을 벗겼는데 얇은 점퍼 안에 반소매 하나만 입고 있었다.

"왜 이러고 다녀요. 감기라도 걸리면 어쩌려고."

아버지는 제대로 몸을 가누지 못하다가 벽에 가 부딪혔다. 쿵소리가 났다. 나는 방 한가운데에 벗어버린 옷을 주섬주섬 주웠다. 까만 양말이 발가락 모양으로 낡아 있었는데 한 번만 더 신으면 발가락이 빠져나올 정도였다.

"나는 아플 자격이 없는 놈이다."

턱을 부딪쳤는지 입을 벌리고 이를 딱딱 두드린다.

분위기에 어울리지는 않지만 식탁에 케이크를 꺼내놓고 그 위에 세 개의 초를 꽂았다.

"생일 축하해요."

불을 밝힌 걸 보고 아버지가 눈을 비볐다. 퀭한 눈이 벌게졌다.

"누구 생일이냐?"

술 냄새 풍기는 아버지의 입속으로 케이크 한 조각을 밀어 넣었다. 노래도 불러주었다.

"생일 축하합니다. 생일 축하합니다."

시뻘건 눈을 치뜨며 아버지는 입속의 케이크를 우물우물 씹는다.

"사랑하는 우리 아버지 생일 축하합니다."

손가락이 오글거리는 걸 참고 생일 노래를 불렀다. 가만히 맛을 보는 아버지를 한 번 안아줘야 하는 건 아닌지 고민했다. 생일은 허그 데이라고 정해놓으면 그것도 참을 수 있을 텐데. 그러나 고민은 짧았다. 입속에 성가신 게 있는 듯 아버지가 입술을 심하게 비죽거리며 골라 뱉으려다 그냥 오도독오도독 씹는다.

"케이크 속에 오돌뼈가 있구나."

아버지가 말했다. 케이크 속에 하필 오돌뼈라니. 오늘의 술안주였나 보다. 말린 과일이거나 초콜릿일 거라고 짐작하지만, 아는 체하지 않았다. 정말 오돌뼈일지도 모르는 일이다. 삶은 늘 생각하지 못한 일을 만들고 어우러질 리 없는 것들을 불쑥 욱여넣기도 하니까. 곤란해도 어쩔 수 없다. 삼키기 전에 꼭꼭 씹을 수밖에.

오도독. 오도독.

겨울나무

"어제는 아버지 생일이었어. 케이크에 촛불 켜고 축하 노래도 불렀다. 근데 아버지가 케이크 속에 오돌뼈가 들어있다는 거야. 이상하잖아. 뱉으려다 꼭꼭 씹어 먹었는데 뜻밖에도 초콜릿이었어. 기분 괜찮더라. 유성아, 너도 기분 좋은 오늘 되어라."

모닝콜이었다.

"오돌뼈? 좀 뜻밖이다."

"아버지는 초콜릿이 뜻밖일 거야."

창가에 햇살이 환했다. 몇십억 년 후, 반지를 끼고 있을 태양을 상상했다. 어쩌면 그때가 되면 태양이 선물할 수 있을 만큼

많을지도 몰랐다.

"늦었지만 아버지 생신 축하드린다."

"그래. 아버지에게 전할게."

"정말 뜻밖인 게 있어."

"그게 뭔데?"

"우리가 행운이라는 거."

"우리가?"

"이렇게 아름다운 지구를 차지했으니까. 푸른 바다와 투명한 대기, 그리고 풀 한 포기조차 우주에서는 기적이야. 그리고 지구는 사람이 살아가기에 가장 알맞은 중력 법칙을 갖고 있대."

녀석은 그렇게 어려운 말을 하고는 경고 없이 전화를 끊었다.

유성의 말을 생각하며 동네를 쏘다니다 꽃사왕 앞을 지나쳤다. 아버지의 팔과 다리가 율동적으로 움직이고 있고 그 앞엔 변함없이 웃고 있는 아주머니가 있었다.

꽃과 사랑 그리고 왕자, 꽃사왕. 아주머니의 해석이었는데 사랑 담당답게 가게의 모델이 된 아주머니는 옷 주문을 받아오기도 하고 손님이 올 때면 몇 마디의 말로 옷을 팔기도 했다. 왕자를 담당하는 아버지는 복분자 주스를 마시며 고마움을 율동으로 보여줬다.

허리를 반듯하게 세우고 앉아 아주머니와 대화하는 것을 보니 아버지는 이제 술이 깬 모양이다. 어쩌면 아직 남은 술기운으로 아주머니에게 데이트를 신청할지도 모른다. 단벌 신사인 아버지가 처음 본 옷을 입고 있는데 아주머니에게 생일 선물로 받은 것 같다. 흰 바탕에 파란 스트라이프의 셔츠가 제법 잘 어울렸다. 며칠 전 거울 옆에 걸려있는 달력에 커다란 동그라미를 그리고 날짜 옆에 아버지 생일이라고 써놓은 건 나의 작전이었다.

오도독. 오도독. 케이크 속에 있던 오돌뼈의 맛이 입안에 감돌았다. 아버지는 어젯밤을 기억할까. 삼키기 전에 꼭꼭 씹던 오돌뼈가 사실은 달콤한 초콜릿이었다고 말해주고 싶었다.

*

골목 어귀에 있는 전봇대 앞에서 할아버지와 마주쳤다. 곁에 할머니도 있었다. 나를 보자 마침 잘됐다는 표정으로 두 분이 내게 다가오셨다.

"부탁이 있는데. 괜찮겠니?"

"무슨 부탁인데요?"

"목욕 좀 도와줄 수 있겠니?"

할아버지가 회색 어금니를 보이며 웃었다.

"네?"

"목욕 말이다."

난데없는 제안에 나는 정중하게 거절할 말을 궁리했다. 다니지도 않는 학원에 가야 한다고 할까. 친구와 없는 약속을 만들어야 하는지. 아니면 뭐야를 보러 가는 길이라고 해야 하나. 머리는 이런저런 핑곗거리를 고민하고 있었는데 내 입에서 대답이 튀어나왔다.

"네."

서슴없이 그러겠노라고 했다. 생각 없이 대답한 건 아니었다. 나에게 부탁하는 할아버지에게 망설이거나 주저하는 모습을 보이고 싶지 않았다. 봉사활동으로 요양원에서 할머니 할아버지의 목욕을 돕는 친구들이 있었는데 처음엔 봉사 시간을 채우기 위한 거였지만, 할수록 보람 있는 일이라고 의젓하게 말했던 것을 떠올렸다.

눈병이 다 나은 할아버지가 동네 산책 중에 등허리가 간지러운 것이 발단이었다. 할아버지가 몸을 비틀었고 할머니는 할아버지의 옷 깊숙이 손을 넣어 여기저기 긁어주었지만 시원하다 말고 이번엔 등에 닿은 할머니의 손마저 간지러워 때수건으로 박박 문질러서 목욕이라도 하고 싶었다고 했다. 그때 마침 나와 마주친 거였다.

나는 아지트로 향하는 중이었는데 발길이 가볍지 않았다. 보나 마나 좁고 메마른 땅에 여전히 있을 뭔가가 막 보고 싶지는 않았다. 머릿속에 떠오른 이야기들로 우울하게 시간을 보내고 싶지도 않았다. 그렇다고 뭘 하고 싶다거나 어딜 가고 싶은 마음도 없었다. 그런데 생각지도 못했던 할아버지의 부탁에 이상스레 나는 기분이 나아졌다. 누군가에게 뭔가 해줄 수 있다는 것이 고마웠다.

"내가 기운이 없어. 이 양반 등을 밀어주지 못한 지가 언제인지 몰러."

할머니가 거들었다. 그 말을 할 때 나는 할머니가 우는 줄 알았다. 눈을 자꾸 비비고 손으로 눈가를 찍었다.

"지금요?"

눈시울을 붉히는 할머니에게 서둘러 물었다. 그런데 눈가를 찍던 할머니가 할아버지의 코앞으로 얼굴을 바짝 들이밀었다. 주름이 감싸고 있는 갈색 눈동자가 완전히 몰려있어서 할머니의 표정이 이상했다. 점점 가까워지는 두 분의 애정 어린 장면에 나는 눈길을 돌렸다.

"불어봐요."

할아버지는 엄지와 검지로 할머니의 눈꺼풀을 위아래로 밀었다. 알고 보니 할머니는 우는 게 아니라 눈에 팃검불이 들어간 거였다.

"후후."

"좀 세게 불어봐요."

"후후. 빠졌어?"

"잠깐만요."

할머니가 눈을 껌뻑인다.

"빠졌어?"

할아버지는 성미가 급했다. 도를 닦은 사람도 참을성엔 한계가 있는가 보다. 역시 남자에겐 결과가 중요하다. 자신의 행동에 대한 성공적인 결과가 빨리 나타나기를 원하는 건 아이나 어른이나 똑같은 것 같다.

"그랬나 봐요."

할머니가 눈을 껌뻑이며 대답했다. 자꾸 묻는 통에 빠졌다고 어서 말해야 했을 거다. 나는 할아버지와 가까워지고 싶었다. 내 안에 있는 슬프고 두려운 기분을 어떻게 하면 극복할 수 있는지를 물어볼 생각이었다. 원하지 않았는데도 붙여진 별명과 오해에 대해선 어떤 마음가짐이 필요한지도. 그 이외에도 아주 많았는데 전부 말할 수는 없다. 복잡한 마음을 말로 표현하는 건 어려운 일이다.

할아버지 집으로 가서 욕실로 들어갔다. 좀 더 가까워지기를 바라는 마음이었지만 나는 머무적거렸다. 할아버지의 살갗은 여러 해를 묵은 사과 껍질처럼 쭈글쭈글했다. 가슴은 늘어진 양말처럼 보이고 앙상한 어깨와 등뼈가 마른 피부 사이로 도드라져 있었다.

"내가 이래도 옛날엔 몸짱이었다."

목욕 의자에 쭈그리고 앉은 채 자신의 야윈 팔과 다리를 살피며 할아버지가 말했다.

"지금도 짱짱해요."

나는 진심이었다.

"운동하다 관두면 이렇게 쳐진다."

웃으면서 할아버지는 팔을 가슴 쪽으로 끌어당겨 근육이 있던 자리를 보여주려 했다. 눈병이 나기 전까지 열심히 운동했다는데 어찌 된 일인지 근육은 생기려다 말았다.

"와."

내 입에서 나온 감탄사가 목욕탕에 울려 퍼졌다. 타월에 비누를 묻혀 몸을 닦기 시작했다. 할아버지는 내게 몸을 맡기고 문지르는 대로 가만가만 흔들렸다. 팔을 들어 겨드랑이를 내주고 등허리를 숙였다가 다리를 벌려 구석구석에도 비누칠을 할 수 있도록 했다.

"계절로 말하면 나는 이제 겨울을 맞았구나."

할아버지의 눈 밑에 두꺼운 주름이 여러 겹의 홈을 이루고 볼의 살이 움푹 패어 들어갔다. 가만있어도 웃는 얼굴처럼 보여 하회탈이 생각났는데 지금 보니 할아버지의 얼굴은 그에 못지않게 국보급이었다.

"아직 멀었어요?"

욕실 밖에서 할머니의 목소리가 들렸다. 이제야 가스 불 점검을 마친 모양이다. 할머니는 국 한번 데우고 나면 20분가량을 가스 불이 꺼졌는지 확인하는 데 보낸다고 했다. 집에 들어서자마자 나는 가스 불부터 점검해야 했다.

이것 좀 봐라. 내가 시간 맞춰 할아버지 댁에 왔을 때 할머니는 가스 밸브를 붙잡고 있었다. 잘 꺼졌다고, 그러니 안심해도 된다고 몇 번을 말했는데도 할머니는 나를 못 믿는 눈치였다. 나이가 들면 불안한 게 많아지는데 경험한 것이 너무 많아서 생기는 부작용일지도 몰랐다.

"아직 멀었냐고요?"

"아직."

10여 분밖에 지나지 않았는데 할머니가 또 물었다. 심심한 건지 궁금한 건지 문을 열면 바로 욕실로 들어올 기세다.

"옛날에 무척 고왔단다. 지금도 곱지."

할머니가 듣고 있으면 좋겠다. 언젠가 할아버지는 영화배우를 꿈꿨다고 한다. 인생을 연기하는 배우. 그러나 삶이 연기였고 인생살이가 연극무대였기에 꿈을 이루지 못한 것에 아쉬움은 없다고 한다.

할머니와의 연애는 말도 못 할 만큼 행복했고 그러면서도 가끔은 다투었으며 결혼 생활에서는 인생의 모든 희로애락을 느꼈다고 했다. 많은 위기가 있었지만 잘 극복한 덕분이었다. 할머니가 젊은 시절 얼마나 미인이었는지 얼마나 애교가 많았는지 다시 한번 강조했는데 할머니가 꼭 들으라고 하는 소리 같았다. 문밖에서 미소 지을 할머니가 그려졌다.

결혼 생활에 이어 자식들 얘기가 이어졌는데 대부분 자랑이었다. 그래서 오히려 듣기 좋았다. 1년 전도 나는 옛일같이 느껴지는데 할아버지는 50년 전이 어제 일 같은가 보다. 기억하는 게 즐거우신 듯했다.

"어떤 때는 기억을 되살려내느라 온종일을 보낸다."

혈관이 도드라진 할아버지의 손등을 가만가만 문지르며 나는 듣고만 있었다. 할아버지의 인생 얘기는 목욕탕에서 몸을 씻으면서 하는 것치고는 내용이 방대했다. 이틀 내내 들어도 모자랄 지경이었지만 지루하지는 않았다. 할아버지는 수다쟁이가 되어 있었다.

"할아버지, 제 별명이 뭔지 아세요?"

"너 무슨 병이 있느냐?"

할아버지가 적잖이 놀라면서 나를 쳐다봤다. 가끔 사람들은 뚱딴지같은 소릴 하곤 한다.

"병명 말고 별명이요."

이래서 무슨 인생 상담을 할까 싶지만 나이가 들면 귀가 어두워지는 건 당연한 일이므로 조금 더 큰 소리로 말했다. 어렵지 않은 일이었다.

"아, 별명."

"미친 소래요."

"미친 소?"

"네."

할아버지의 웃음소리가 목욕탕에 한참 동안 울려 퍼졌다.

"끝났어요?"

할머니가 또 물었다. 이번엔 쾅쾅 욕실 문까지 두드린다. 우리끼리 웃으니 더욱 궁금한 모양이다.

"끝나가."

대꾸하고는 할아버지가 물로 얼굴을 훔쳤다.

"그러고 보니 네 눈망울이 소를 닮았구나."

나는 눈을 끔뻑거렸다.

"할아버지도 미쳤다는 소리 들은 적이 있나요?"

"그럼. 가지가지로 그랬지. 미친놈 소리 많이 듣고 살았다."

"그럼 됐어요."

나는 안심이 되었다. 점잖은 나의 모습을 그려보는 게 어렵지 않았다. 언젠가 불량한 적이 있다 해도 국보급 미소를 짓는 할아버지처럼 될 수 있으니 다행이다. 샤워기의 물을 틀어 할아버지의 등을 씻어냈다. 비누 거품이 흘러내려 하얀 타일 바닥에 떨어졌다. 때수건으로 살살 문질렀다. 발갛게 부푼 살이 가만가만 흔들렸다.

"아프면 말씀하세요."

"시원하구나."

쏟아지는 물줄기 사이로 느릿느릿 손을 옮기며 할아버지는 몸을 씻었다. 할아버지는 자신에게 중요한 것은 먼 미래가 아니라 과거인 것 같다고 했다. 나와 마찬가지로 할아버지도 두렵고 막막한 기분을 느끼고 있는 게 아닐까. 하긴 산다는 건 나이와는 상관없는 일일지도 모른다.

지구의 기적

입천장에 아직도 인절미가 붙어있다. 할머니는 굳이 내 입에 넣어주려고 인절미를 들어 올렸다. 할머니의 키는 작아서 떡을 든 손이 내 턱에 닿았다. 입을 벌리고 속을 다 보이며 먹었는데 아기가 된 기분이었다. 더는 먹지 못하고 챙겨주는 생수 한 병을 들고 얼굴이 붉어진 채 인사를 했다.

"안녕히 계세요."

"고맙구나."

할아버지와 할머니가 내 등을 두드리며 나를 향해 미소 지었다. 완전 살인 미소였다. 목욕을 돕는 내내 나는 뭐야가 궁금했다. 할아버지가 겨울을 맞은 나무라면 뭐야는 봄을 맞이해야 하는 나무였다. 며칠째 비가 오지 않아 세상이 건조했다. 나는 목이 말랐지만 조금 참기로 했다.

큰길가로 나와 건널목을 건너는데 치킨집 옆에서 어떤 녀석이 담벼락을 바라보고 있었다. 내가 가까이 다가가는데도 벽을 마주하고는 꼼짝도 안 한다. 바로 그 녀석이었다. 안타깝게도 아직 벽을 통과하는 마법은 익히지 못한 모양이었다. 나는 못 본 척하며 지나쳤다. 벽을 통과하지는 못해도 투명 인간이 되는 마술을 익혔다고 생각할지도 몰랐다.

지름길로 가기 위해 골목으로 들어갔다. 뭐야에게 가는 길에는 여러 개의 막다른 골목이 있고 그 어귀마다 조그마한 화단이 있었다. 그 안에는 여러 가지의 꽃들이 심겨있는데 오랫동안 가꾸지 않은 것 같았다. 뭐야보다 키 작은 가지를 뻗어 내린 나무들이 몇 그루 보였다. 그 주위에 시들고 말라버린 꽃들이 봉우리를 땅바닥에 내려놓고 있었다. 며칠 동안 비가 오지 않은 데다 오후의 햇볕마저 뜨거운 탓이었다. 어떤 다세대주택의 쪽문이 열리고 한 아저씨가 양동이에 물을 가지고 나왔다. 화단에 물을 주려는 모양이었다.

한 골목 안에 유성이 보인다. 혼자 있는 게 아니었다. 그냥 지나치려다 걸음을 멈추었다. 녀석 앞에서 어떤 여학생이 뭐라 뭐라 중얼거리고 있다. 폭이 좁아 둘의 거리는 가까웠는데 그다지 열띤 분위기는 아니었다. 마치 석고상처럼 움직임이 없었다. 유성은 여학생의 눈길을 외면한 채 주머니에 한쪽 손을 찔러 넣고 짝다리를 짚고 서 있다. 삐딱하게. 완전 연예인 포스다. 저 짝다리, 뒤에서 무릎 한 방이면 꺾일 텐데. 나는 몸이 근질거렸다.

여학생은 순수하게 보였다. 자그마한 키에 가지런하게 하나로 묶은 머리와 무릎을 덮고도 남을 정도의 교복을 입고 있었다. 여학생의 분위기에 나도 모르게 자꾸 눈길이 갔다. 유성이 말한 이야기의 주인공이 아닐까 했는데 녀석을 걷어찬 여학생이라고 하기에는 수줍음이 많아 보였다. 불량한 자세도 멋있는 녀석은 나를 늘 겸손하게 만든다. 하지만 나이가 들어 풍채 좋은 아저씨가 되면 녀석의 긴 팔과 다리도 두꺼운 나의 팔다리와 구분이 안 될 것이다. 조각 같은 외모도 세월이 흐르면 변한다고 할아버지가 말했다. 어떻게 사느냐에 따라 변하니까 한마디로 잘 놀아야 한다.

유성은 그곳에서 오래 있지 않고 혼자 나왔다. 여학생은 고개를 숙인 채 꼼짝하지 않고 있다. 고백을 받은 것일까. 녀석의 뾰족하게 세운 머리가 한쪽으로 기울어져 조금은 우울해 보였는데 여자에게 고백받은 남자의 표정은 아닌 것 같다.

"무슨 일 있어?"

먼발치에서 나를 알아본 모양인지 대뜸 물어도 녀석은 놀라지 않는다.

"없어."

나는 턱으로 골목을 가리켰다.

"누구야?"

여학생은 오돌오돌 떨고 있는 듯했다. 가서 위로라도 해주고 싶었다. 내심 나는 어떠냐고 물어보고 싶은 마음이 간절했다. 위안을 줄 수 있다면 꿩 대신 닭이라도 되고 싶었다. 뾰족뾰족 세운, 닭의 볏을 닮은 머리로 보면 유성이 닭이었다. 여학생에게 할 말이 많았지만 관두었다. 위로가 아니라 비아냥거리는 것으로 느낄지도 몰랐다.

"웬 물?"

들고 있는 생수를 쳐다보며 녀석이 오히려 내게 묻는다. 고급스럽게 생수병을 들고 다닌 적이 없으니 그럴 만도 했다.

"말 돌리지 말고."

여전히 골목에 서 있는 여학생을 바라봤다.

"중구 녀석을 좋아하던 친구다. 아직도 돌아오지 않아서 걱정하기에 그 자식 원래 그렇게 꾸물거린다고 말했다."

나는 녀석에게 미안했다.

"그 말을 전하고 싶었어. 지구를 찾고 있을 거라고. 내가 여기 온 이유 중 하나야."

말하고는 잠시 생각에 잠긴 듯 유성이 가만히 있었다.

"지켜줄 거다."

녀석이 진지하게 말했다. '지켜준다'라는 말은 참 멋진 말이다. 나는 종종 우리말에 감탄하곤 한다. 나도 멋진 말을 하고 싶었지만 마땅한 말이 없었다. 생수병을 겨드랑이에 끼고 주머니 속에서 비닐에 싸여있는 호루라기를 꺼냈다. 달콤한 츄파춥스를 연상시키는 무지갯빛이 회오리를 그리고 있다.

"그건 뭐야?"

녀석이 츄파춥스를 닮은 호루라기에 관심을 보인다.

"선물할 거."

"누구한테?"

유성이 다음 말을 기다리는 듯 나를 바라봤다. 이건 내가 누군가를 지켜주는 방식이라고 얘기하지 않았다. 나는 그저 빙그레 웃었다. 녀석이 나에게 호기심을 보인 건 아마 처음이지 싶다.

"전학 왔다는 친구?"

"응."

"사귀냐?"

갑자기 묻는 말에 나는 미처 대답하지 못했다. 유성이 내게 무관심한 것만은 아니었다. 그런데 이렇게 물어보니 할 말이 궁색했다. 사실을 사실대로 말할 수 있는 용기가 아직은 없다.

"아니. 다른 학교로 전학 간대."

나는 조용히 대답했다. 뭔가 부족하다.

"지켜줄 거다."

나도 녀석처럼 말했다. 멋진 놈이 된 기분이다. 녀석은 캐묻는 법이 없다. 나는 무지갯빛 호루라기를 바라보았다. 해조의 마음에 들었으면 좋겠다. 호루라기 소리가 들리면 양팔간격으로 멀어져 있는 친구들이 곁에 있을 거라고 말하고 싶었다. 그리고 물어볼 것이다. 해조야, 잘 지내지? 친구들은 많이 사귀었어? 라고. 나는 발걸음을 내디뎠다.

"너 어디 가?"

"뭐야에게."

"누구?"

"뭐야."

"그게 뭐야?"

나는 생수를 들어 올렸다. 맑은 물이 출렁거린다. 유성은 더는 묻지 않고 따라오더니 나와 어깨를 나란히 하며 걷는다. 골목골목으로 꺾어 들어가 막다른 담 사이에 이르자 녀석이 고개를 갸웃한다.

"소개할게. 내가 말한 뭐야."

세 발짝 앞에 뭐야가 있었다. 변함없이 주먹만 한 하늘을 향해 가지를 뻗고 있다. 뭐야가 뿌리 내린 좁고 마른땅에 물을 주었다. 금세 스며들었다. 뭐야는 그동안 한 뼘 더 자란 것 같았다. 지붕들 틈으로 햇볕 길이 나 있었고 그 길이 닿은 마주 달린 잎사귀 사이에 자그마한 열매가 열려있었다. 나는 공자님에게 얘기하고 싶었다. 내버려 둔 나무도 잘 자라서 열매를 맺는다고. 아무렇게나 자라는 건 아니라고.

"어떤 기분일까?"

유성에게 물었다.

"저 창공을 날면."

"지구에 돋은 풀 한 포기, 나무 한 그루가 우주 세계에도 있다면 근사하겠지? 생명을 더 소중히 여길 거야. 어떤 행성을 육지로 만드는 일이 지금의 우주정거장처럼 아주 불가능한 일은 아니야. 그런데 말이야. 이대로는 곤란할 것 같아. 지구부터 돌아봐야지."

"유성아?"

"왜?"

"우주의 어둠 속에서 지구가 푸르게 빛나는 이유는 뭘까?"

"소중한 이야기가 있기 때문이지."

유성이와 나는 걸음을 멈춘 채 한동안 그 자리에 서 있었다.

"고맙다."

내가 말했다.

"뭐가?"

"멋진 일이야."

유성은 하늘만 바라보고 있다.

"나도 고맙다."

"뭐가?"

"감동적이었어. 네 말에 연료가 가득 채워졌다."

감동적인 말로 깨우라는 녀석이 오히려 내게 감동을 주고 있다는 생각이 들었다.

"하지만 경고가 쌓였으니 각오는 하고 있겠지?"

"뭐!?"

"이제부터는 감동적인 말로 너를 깨워."

"나를?"

"그래. 너도 연료가 채워지면 놀러 와라. 근사한 풍경을 보게 될 거야. 지구가 태양 둘레를 돌다가 어떤 혜성이 있던 자리를 지나가면 그곳의 기억들이 지구에 별이 되어 내려. 비처럼."

"유성우."

"지구의 중력에 의해 별이 대기권으로 떨어지는 거야."

"그래."

"이제 돌아가야지."

"어딜?"

"펄서를 찾기 위해 우주로 날아갈 거야. 내게 전파를 보내고 있어. 스페이스 X의 팰컨 9 로켓에 탑재된 테스 2호에는 최첨단 광각카메라가 장착되어 있어서 세밀하게 태양계 밖의 행성을 탐색할 수 있어."

"거기에 타려고?"

"아니. 내 오픈카를 타야지. 내주는 길을 따라갈 거야. 은하계에는 사람이 살 수 있는 행성이 2억 개는 존재할 거래. 열심히 운동하는 별들 사이에 지구와 닮은 해비터블 존이 있어. 어두워서 늦게 발견되는 별이 있거든. 친구들도 그 어딘가에 있을 거야. 물기둥이 발견됐다는 토성의 위성 엔켈라두스에 카시니 탐사선을 보냈는데 흙입자를 찾았어. 물뿐만 아니라 여러 가지 질소화합물도 발견했는데 지구 생명체를 구성하는 기초 물질이라고 짐작한다는 거야."

녀석이 나를 바라보았다.

"기억해. 빛으로 연락할게. 하늘에서 펄서를 찾아. 초신성의 폭발 후 만들어진 별이야. 내가 있는 곳일 거야."

"네가 있는 곳?"

"그곳은 지구보다 훨씬 센 자기장과 두꺼운 대기가 있겠지. 슈퍼 지구."

유성이가 말하고는 하늘을 가리켰다.

"우리는 세상을 잘 몰라. 그래서 매일매일 무언가를 알게 되지. 중요한 건 너의 힘을 믿는 거야. 하늘을 봐봐. 지금도 별들은 열심히 운동 중이야."

슈퍼 지구

    유성이 지구에 왔다 떠났다. 우리 집에 놀러 왔다가 시간이 되면 자신의 집으로 돌아가던 어떤 날처럼. 우리가 함께하는 동안 슬픈 이야기는 하지 않았다. 녀석은 내게 미션을 주었고 나는 그 임무를 해내며 나의 일상을 이야기했다. 별들은 열심히 운동하고 있을까. 녀석의 오픈카에 연료를 채운 건 무엇이었을까.

    코드명. 감동적인 말로 너를 깨워, 반드시.

    녀석의 목소리가 들리는 듯하다. 나 스스로 방탄 프로젝트를 수행하는 것이다. 지구를 지키듯이. "연료가 채워지면 나도 슈퍼 지구에 갈 수 있을지도 모른다. 유성이를 만나야지.

오늘은 해머 프로젝트의 사전 답사 임무를 띤 우주선을 발사했다는 소식을 들었다. 비행 과정에서 있을 수 있는 여러 가지의 실제 상황을 모형화하여 실험하고 내부장치가 정상적으로 작동하는지 점검을 끝낸 뒤였다. 우주선이 날아가면서 우리나라 상공에서 수상한 빛을 발견했다고 한다. 우주로 가는 통로인 웜홀일지도 모른다고 추측하며 사방으로 퍼지던 빛의 무리가 마치 고성능 자동차처럼 속도를 높여 달려갔다고 표현했다.

나는 녀석이 두고 간 벽돌만 한 전화기를 물끄러미 바라보다 꾹꾹 눌러 전화를 걸었다. 물어보고 싶은 말도, 전하고 싶은 말도 있었다. 녀석은 바쁜지 전화를 받지 않았다. 지금쯤 스포츠카를 타고 우주의 어느 시공간을 달리고 있을 것이다. 웜홀이 타임머신이 되었다면 벌써 태양계 근처까지, 어쩌면 그 너머에 도착해서 우리은하를 바라보고 있을 것이다. 유성이는 무한대의 시간을 가진 웜홀 어디선가 나와 똑같은 도플갱어를 만나 대화를 나누며 삐딱하게 서 있을지도 몰랐다.

나에겐 지구를 지키고 있는 친구가 있다. 창공.

유성의 말에 내 도플갱어는 기쁨을 어렴풋이 알게 될지도 모른다. 나는 녀석이 서 있던 곳에서 하늘을 바라보았다. 지구의 뚜껑이 열리듯 파란 창공이 펼쳐지자 지구와 정말 가까운 곳에 있는 슈퍼 지구가 보이는 듯했다.

"유성아, 며칠 전 여행객을 태운 위성이 무사히 우주여행을 하고 왔어. 우주에 호텔도 짓고 아파트도 지어서 분양할 예정이래. 이제 나도 로켓 타고 네 플래닛에 갈 수 있어. 시간 나면 주소 남겨. 슈퍼 지구, 기다려라."

작가의 말

아파트 단지 입구에서 중학생으로 보이는 한 학생이 내게 가장 가까운 지하철역을 물었다.

　버스로 두 구역을 가야 하는 역을 손으로 가리키며 이쪽으로 가다 보면 사거리가 나오는데 거기서 왼쪽으로 200미터쯤 떨어진 곳에 4호선 지하철역이 있다고 설명했다. 돌아서 오면서 아파트 단지가 끝나는 곳에 전자 대리점이 있는 작은 사거리를 불현듯 떠올리고는 뒤를 돌아보았지만, 학생이 보이지 않았다.

　길을 잘 찾았을까. 헤매지는 않았을까, 온종일 염려가 되었다. 이정표가 보이는 큰 사거리에서 은행을 끼고 왼쪽으로 가라고 해야 했는데. 좀 더 세심하게 설명하지 못한 것을 후회했다.

"길을 묻는 사람에게 길을 가르쳐준 적 있어?"

"물론 있지. 동네는 내가 잘 아니까."

"그럼 됐어. 너 때문에 누군가 길을 잃지 않았을 거야."

그 밤에 창공과 유성이 나누는 대화를 쓰고는 염려하던 마음
을 잠깐 내려놓았다. 그러자 길을 묻던 누군가 길을 잘 찾았을
거라는, 조금은 확신에 찬 생각이 들었다. 분명 그랬을 거라고
고개를 주억거리다 나도 길을 잘 찾을 수 있겠지, 하고 중얼거
렸다. 막연했던 것 같다. 그 순간 유성과 창공이 나를 바라보았
다. 우리의 이야기가 어떻게 펼쳐질지 무척 궁금하다는 표정으
로. 한동안 마주 바라보고 있었다. 잠시 후, 창공이 나를 향해
팔을 뻗었다.

그 길을 따라가다 보면…

너 때문에 누군가 길을 잃지 않았을 거라는 유성의 말에 자신
감이 생긴 창공이 내게 길을 알려주는 것처럼 세상 너머 어딘가
를 가리켰다. 그러니까 유성이 먼저 창공에게 감동적인 말을 건
네며 '감동적인 말로 나를 깨워'가 시작된 셈이다.

소설을 쓰는 내내 감동적인 말을 생각했다. 내게 안부를 묻던
문자를 찾아 읽고 예전 받았던 편지도 꺼내보았다. 전에 쓰던

핸드폰에 지우지 않고 남겨둔 메모도 보았다. 오늘 바람 불고 춥대. 오늘은 미세먼지 많으니 마스크 쓰고. 친구의 일기예보에 우산을 갖고 나가 비를 맞지 않았던 일과 겉옷을 챙겨나가 춥지 않게 돌아다녔던 어느 꽃샘추위의 봄날을 기억했다. 아플 땐 입맛이 없겠지만 억지로라도 밥을 잘 챙겨 먹으라는 글 사이사이 쉼표나 말줄임표에도 친구의 마음이 보이는 듯했다.

어느 날은 '생각이 많아지면 조심스러워지는 희란에게,' 라고 시작하는 편지를 발견했다. 오래된 지갑 속에 반으로 접힌 채 들어있었다. 내용은 요즘 근황을 얘기하고 늘 응원하고 있으니 파이팅하라는 거였지만, 막상 글을 읽는 나는 힘을 낼 수 없었다. 나를 이렇게 잘 아는 친구가 있었구나. 고마운 마음이 들었는데 그 친구를 이제는 볼 수 없고 찾을 수 없다는 생각을 하자 잠시 어리둥절했다.

"고마워, 돌아와 줘서."
"여긴 네가 있는 플래닛이니까."

창공은 감동적인 말을 고민하지만 아무 말도 떠오르지 않는다. 귀를 기울이고 있는 유성에게 그저 이렇게 마음을 전한다. 유성의 대답은 내가 어리둥절해하며 생각하기에 가장 감동적인 말이었다. 이별은 헤어짐이 아니라 다른 별에 사는 것일지도 모른다. 그러므로 슬프지 않게 창공은 유성과의 두 번째 헤어짐을 이렇게 말할 것이다.

'유성이 지구에 왔다 떠났다. 우리 집에 놀러 왔다가 시간이 되면 자신의 집으로 돌아가던 어떤 날처럼.'

소설의 결말 부분을 염두에 두고 쓰기 시작하자 그들의 이야기를 비로소 채울 수 있었다. 창공이와 유성이도 재밌게 읽기를 바란다. 내게는 그 어떤 소설 속 등장인물보다 소중하고 사랑스럽다. 부디 아프지 않기를.

창공과 유성의 대화로 작가의 말을 끝맺으려 한다.

"은하계에는 사람이 살 수 있는 행성이 2억 개는 존재할 거래. 열심히 운동하는 별들 사이에 지구와 닮은 해비터블 존이 있어. 어두워서 늦게 발견되는 별이 있거든. 친구들도 그 어딘가에 있을 거야. 물기둥이 발견됐다는 토성의 위성 엔켈라두스에 탐사선을 보냈는데 흙입자를 찾았어. 물뿐만 아니라 여러 가지 질소화합물도 발견했는데 지구 생명체를 구성하는 기초 물질이라고 짐작한다는 거야."

유성이 창공을 바라보았다.

"기억해. 빛으로 연락할게. 하늘에서 펄서를 찾아. 초신성의 폭발 후 만들어진 별이야. 내가 있는 곳일 거야."

"네가 있는 곳?"

"그곳은 지구보다 훨씬 센 자기장과 두꺼운 대기가 있겠지. 슈퍼 지구."

유성이가 말하고는 하늘을 가리켰다.

"우리는 세상을 잘 몰라. 그래서 매일매일 무언가를 알게 되지. 중요한 건 너의 힘을 믿는 거야. 하늘을 봐봐."

이 작은 천체의 소중한 이야기를 할 수 있도록 감동적인 말을 건네던 친구들과 가족들에게 고마움을 전한다. 어느 별에 도착한 유성이 지구를 지키는 친구가 있다며 창공을 소개할 때 어렴풋이 기쁨을 알게 될 누군가처럼, 소설을 읽는 모두가 즐거운 마음이 되었으면 좋겠다.

출간하도록 감동적인 말로 용기 주신 득수 출판사와 세심하게 마음 써주신 편집부에 감사 인사드린다. 두고두고 작품으로 보답하겠다.

도서출판 득수 소설

감동적인 말로 나를 깨워

1판 1쇄 2023년 5월 31일
1판 2쇄 2023년 8월 31일

지은이	유희란
펴낸이	김 강
편집	채 윤
디자인	제일커뮤니티 054·282·6852
인쇄·제책	천우원색인쇄사
펴낸 곳	도서출판 득수
출판등록	2022년 4월 8일 제2022-000005호
주소	경북 포항시 북구 장량로 174번길 6-15 1층
전자우편	2022dsbook@naver.com
ISBN	979-11-979610-5-2

값 17,000원